터널

터널

© 소재원, 2016

2판 1쇄 인쇄__2016년 08월 05일
2판 3쇄 발행__2024년 08월 30일

지은이__소재원
펴낸이__홍정표
펴낸곳__작가와비평
　　　　등록__제2018-000059호

공급처__(주)글로벌콘텐츠출판그룹
　　　　대표_홍정표 이사_김미미 편집_임세원 강민욱 남혜인 홍명지 권군오 기획·마케팅__이종훈 홍민지
　　　　주소__서울특별시 강동구 풍성로 87-6
　　　　전화__02) 488-3280 팩스__02) 488-3281
　　　　홈페이지__http://www.gcbook.co.kr
　　　　이메일__edit@gcbook.co.kr

값 12,800원
ISBN 979-11-5592-182-1 03810

터널

우리는 얼굴 없는 살인자였다

소재원 지음

작가와비평

차례

이야기를 시작하며

작품을 내면서 많은 고민을 했다.

내 12번째 작품으로 기록할 것인지. 아니면 처녀작으로 남겨둘 것인지를.

터널은 내가 태어나서 처음으로 완성했던 첫 소설이었다. 20대 초반의 나이에 무작정 거침없이 노트북 키보드를 두드리며 써내려간 작품이었다. 사람들이 알고 있는 내 데뷔작인 〈비스티 보이즈〉 원안 소설보다 훨씬 더 과거에 쓰였던 원고였다.

그럼 왜 이제야 출판을 하게 된 것일까?

출판사들에게서 흥행을 할 요소들이 전혀 없다는 비판을 받았다. 어느 출판사에서도 출판을 허락해주지 않았다. 출판사는 자극적인 소재를 원했고 나는 데뷔를 위해 그들의 눈을 즐겁게 해줄

소설을 쓸 수밖에 없었다. 결국 젊은 열정과 순수, 뜨거운 갈망이 탄생시킨 〈터널〉은 제대로 된 탈고 과정도 거치지 못한 채 초고 상태로 깊숙한 잠을 청해야만 했다.

출판사의 선견지명 덕분에 나는 데뷔 소설이 영화화되는 호사를 누렸다. 〈비스티 보이즈〉 원안 소설을 시작으로 사람들이 좋아할 소재들을 찾아다녔다. 내 주장을 하기보다는 다수가 원하고 관심을 갖고 있는 주제들을 가지고 작품을 집필했다.

내가 가진 색을 보여주고 싶은 마음은 누구보다 강렬하고 애드러웠지만 두려웠다. 무명작가에게 과분한 사랑을 안겨준 작품은 내가 가진 색이 아닌 출판사가 요구하는 조건의 작품이었기 때문이다.

출판사의 꼭두각시가 되어야만 나는 배부른 돼지가 될 수 있었다. 데뷔 2년차에 벌써 5작품을 출판했고 6번째 작품을 준비중이었다. 기계처럼 썼다. 누군가가 주제만 정해주면 태풍처럼 써내려 갔다. 밤 문화를 쓰라 하면 썼고 가족애를 그리라면 그렸다. 에세이가 잘나간다 하면 에세이를 집필했고 슬픈 이야기가 대세라고 하면 어김없이 눈물을 쏙 빼놓을 수 있는 플롯을 단번에 구상했다.

언제부터였을까? 이런 내 자신이 한심해지기 시작한 것은 28살? 29살? 아마도 그쯤이었을 것이다.

가난에서 살짝 벗어나보니 현실의 팍팍함이 증발했다. 시간의 질을 높이고 싶어졌다. 내가 원하는 작가의 삶을 살아보고 싶었다. 내가 원하는 작품을 써도 기존 독자들 10명 중 7명은 봐줄 것 같은 환상에 사로잡히며 자신감이 생겼다.

나는 통장의 잔고를 확인한 다음 경기도 가평군 설악면의 깊은 산골에 터를 잡았다. TV도 없고 인터넷도 되지 않는 곳이었다. 유행이나 세상의 흐름을 알고 싶지 않았다. 그것들을 알게 되면 나는 습관적으로 사람들의 관심사를 써내려갈 것이 뻔했다. 과감한 결단 속에 이뤄진 3개월의 집필 기간은 영화 〈소원〉의 원작 소설 〈소원: 희망의 날개를 찾아서〉라는 소중한 작품을 사람들에게 선보일 수 있는 축복을 선물해 줬다.

내가 가진 펜이 결코 독자들이 갈망하는 무언가와 다르지 않다는 확신이 생겨났다. 확신은 욕심을 가져다 줬다. 욕심은 고이 잠들어 있던 〈터널〉로 향했다. 처음으로 써봤었던 소설이었다. 처음으로 완성해 본 소설이었다. 처음으로 쓰고 싶은 이야기를 쓴 소설이었다.

나는 〈터널〉을 어떻게 해서든 출판하고 싶었다. 내 펜이 독자에게 외면 받지 않는다는 절대적인 믿음은 과감한 행동을 만들었다. 대형출판사 몇 군데에 원고를 보냈다. 원고를 보낸 지 하루 만에 A출판사 대표에게 직접 전화를 받을 수 있었다. 하지만 기대와는 다른 엄청난 비판이 내 귓전을 쩌렁쩌렁하게 울렸다.

"소 작가님. 그래도 열심히 작품 활동하고 있는 작가라고 생각해서 밤새도록 끝까지 원고를 읽어봤는데요. 이게 말이 되는 내용이라고 생각하세요? 황당하고 어이없는 내용이며 작위적이고 억지스러워요. 이런 일이 정말 일어날 거라고 보세요?"

나는 지지 않았다.

"이미 대표님도 소설 속 그들과 같은 어른이기 때문에 할 수 있는 말입니다. 터널을 쓴 지 7년은 족히 지났습니다. 7년 전, 제가 아주 어렸을 때부터 대표님이 황당하고 어이없는 내용이며 작위적이고 억지스럽다는 일들이 벌어지고 있었고 아직도 이런 일들이 끊임없이 벌어지고 있습니다. 그걸 느끼지 못하신다면 대표님은 소설 속 얼굴 없는 살인자들과 같은 사람으로 살고 있다는 반증입니다."

A출판사 대표는 적극적이고 흥분 가득한 내 주둥이에 놀아나지 않았다. 그저 어른으로 할 수 있는 충고를 정중한 예의를 갖춰서 말했다.

"우리 한국 작가들이 선호하는 역사소설이나 5.18, 아니면 로맨스 소설을 한 번 써보세요. 젊은 감각으로 써본다면 괜찮은 작품이 나올 수도 있잖아요."

그 뒤로 두 군데의 출판사에서 〈터널〉을 계약했지만 한군데는 막대한 계약금 손실에도 불구하고 출판을 하지 않았고 한군데는 전자우편으로 달랑 죄송하다는 말만을 보내왔다.

〈터널〉은 1년 후 우여곡절 끝에 작가와비평이라는 출판사와 계약이 이루어졌다. 원래 〈아버지 당신을〉이라는 작품을 계약하려고 연락을 주고받았었는데 다른 B출판사에서 무조건 〈아버지 당신을〉은 자신들이 하겠다며 양보를 하지 않았다. 나는 어쩔 수 없이 작가와비평 쪽에 양해를 구했다. 대표는 대신 다른 작품이 있는지를 물어왔고 나는 처녀작이 아직 빛을 보지 못하고 있음을 알렸다. 대표는 〈터널〉을 검토해 보기를 원했다. 나는 거리낌없이 〈터널〉을 전달했다. 〈터널〉을 보낸 지 7시간 정도가 됐을 때였다. 대표에게서 연락이 왔다. 전화기 너머의 결론은 아주 짧았다.

'계약했으면 합니다.'

대표는 앞뒤 장황한 이야기를 늘어놓지 않았다. 계약을 하고 출판을 하자는 깔끔하고 명료한 대답만을 던져줄 뿐이었다.

하지만 출판을 앞두고 나는 심각하게 고민을 해야만 했다.

처녀작답게 맞춤법만 손봐서 출판을 할 것인지 아니면 기성작가로 부끄럽지 않게 플롯만을 유지한 채 전부 새로 쓸 것인지!

처녀작이니 만큼 데뷔 9년차 작가가 보기에 엉성하고 아쉬운 부분들이 많았다. 혈기왕성한 나이에 쓴 작품이었고, 글에 대한 테크닉보다는 진정성이 우선시되어야 한다는 정의감에 불타오르던 시절의 작품이었다. 개인적인 감정을 가득 담아낸 소설이기도 했고 무엇보다도 문장의 아름다움을 신경 쓰는 세심함보다는 과감하고 도전적이며 거칠고 거침이 없는 작품이었다. 어쩌면 읽는 누군가로 하여금 대립각을 세우게 만들 수 있을 정도로 확고한 나만의 이야기에 집중했던 이기적인 글이기도 했다.

지금이면 꿈도 꾸지 못할 소설인 것이다. 독자를 배려하지도, 신경 쓰지도 않은 소설! 바로 〈터널〉이었다.

아마도 지금의 나라면 절대 쓰지 않았을 작품이라 확신한다. 작품을 읽어 내려간 독자와 논쟁하고 싶은 기성작가는 어디에도 없을 테니까. 그렇기에 더욱 고민했다. 독자들과의 논쟁을 피하기 위해서라도 부드럽고 섬세한 문장과 대화체로 강한 플롯의 뼈대를 유하게 만들 것인지. 아니면 개인적인 감정으로 가득한 대화체와 문장을 그대로 가져가며 오히려 플롯에 더 힘을 실어 내 생각을 있는 그대로 표출해 논쟁의 중심에 설 것인지.

출판사는 전적으로 내 의견을 존중할 거라며 한발 뒤에서 지켜보고 있었고 누구도 나에게 의견을 제시하지 않았다.

〈터널〉에 대한 집착이 굉장했던 나였다. 그래서 찾아온 기회를 놓치기도 싫었고 제대로 독자들에게 내 처녀작을 보여주고 싶은 욕심도 어마어마하게 컸다.

애증이 강한 작품이었기에 판단은 쉽게 내려지지 않았다. 출판사에게 약속한 결정의 시간을 5시간 남겨두고 있었다. 그때까지도 나는 어떤 결정도 내리지 못한 채 갈대와 같이 힘없이 흔들리고 있었다.

수십 일을 방황했던 문제는 황당하게도 30초 만에 결정이 내려졌다. 내가 이러지도 저러지도 못하면서 지칠대로 지쳐 있을 때였다. 커피를 내리기 위해 주방으로 향하는데 발에 뭔가가 걸렸다. 나와는 5년째 동거중인 강아지 '돌멩이'이었다. 이젠 사람이 다 된 돌멩이가 느긋하게 내 발을 피해 옆으로 구르더니 태연하게 잠을 청하고 있었다. 나는 돌멩이가 처음 집에 왔을 때를 떠올렸다. 내가 문을 열고 집으로 들어오면 오줌까지 지리며 끔찍하게도 날 반기던 녀석이었다. 벽지란 벽지는 다 뜯어 놓고 눈에 보이는 모든 걸 죄다 가지고 놀아 한 시간만 집을 비워도 엉망진창으로 만들어 놓던 대단한 녀석이었다.

5년이 지나자 돌멩이에게 그런 모습은 전혀 남아 있지 않았다. 화장실이 아니면 볼일도 보지 않고 장난감을 사다줘도 쳐다보지도 않는다. 내가 집에 들어와도 현관은 썰렁한 기운뿐이다. 현관을 가로질러 불을 켜는 순간 거실 중간에 떡하니 엎드려 있는 녀석이 힐끗 나를 보고 하품을 하는 일상이 이젠 당연했다. 능숙하고 농익은 녀석에게 서툴고 엉성한 구석은 이제 찾아보기 힘들었다.

나는 돌멩이를 내려다보며 "그래도 힘들었지만 그때가 참 좋았다."라고 중얼거렸다. 순간 번뜩이는 뭔가가 머리를 스쳐지나갔다. 성숙한 작가의 냄새만이 독자를 흥분시킬 거라는 판단은 나의 실수가 아닐까?라는 의문이었다.

물이 충분하게 오른 농익은 문체와 이야기 전개만을 독자들이 바랄까? 아닐 것이다. 거칠고 꾸밈이 없지만 직설적이고 화끈한 개인적 취향을 그대로 드러내는 천진난만한 작가의 글도 충분히 매력적일 수 있을 것이다. 노련미와 아름다운 문장으로 무장한 작가들이 난무하는 가운데 가끔은 어설픈 순수와 상큼한 순진함이 목마를 때도 있을 것이다.

내가 감정을 그대로 표출해 버리는 돌멩이를 그리워하는 것과 같이 독자들도 줄다리기를 하는 작품이 아닌 있는 그대로 감정을 표현해주는 작품이 그리웠을지도 모른다.

즐거운 나만의 문답은 커피를 내리고 마시는 내내 이어졌다. 커피 한 잔을 다 마시고 달달한 크림빵을 말끔하게 먹어치운 나는 출판사에 전화를 걸었다.

"맞춤법만 한 번 보고 출판하도록 하죠. 처녀작은 처녀작답게 남아야 정답일 것 같습니다."

2013년 〈터널〉은 출판되었고 그 뒤 영화 제작이 결정됐다. 2016년 8월 영화 개봉 소식이 전해지자 내게 따끔한 충고를 했던 A출판사 대표에게 전화가 걸려왔다. 이런저런 이야기를 30분간 늘어놓더니 결국은 그날 대화에 대한 사과와 새로운 작품의 계약을 제시했다.

나는 사과는 받되 작품의 계약은 정중하게 거절했다.

그에게 작품은 중요하지 않았다. 그저 작가의 이름과 경력이 중요할 뿐이었다.

거절의 의미가 복수라 오해할 수도 있지만 나를 조금이라도 안다면 곡해하지 않았으면 하는 바람이다.

개정판을 준비한다며 출판사에서 전화가 왔다. 나에게 다듬어서 출판을 하겠느냐 물어왔다. 나는 아주 간단명료하게 답했다.

"처녀작은 처녀작답게 준비하죠. 작가이야기만 새로 쓸게요."

01

살아있습니다, 구조를 요청합니다

"젠장. 뭐야?"

이정수가 핸들에 처박혀 있는 머리를 부여잡고 일어났다. 어떤 일이 벌어진 거야? 라고 생각하며 그가 끊어진 필름을 이어 보려 애를 썼다. 터널에 진입했고 중간 정도 차량이 지나갈 즈음 엄청난 굉음과 함께 어둠이 내려앉은 기억만이 그의 머리에 잔류하고 있었다. 그는 본능적으로 핸드폰을 찾았다. 습관처럼 조수석에 놓아두던 핸드폰이 보이지 않자 실내등을 켜고 머리를 바닥으로 숙였다. 그가 예측한 대로 핸드폰은 바닥에 나뒹굴고 있었다. 재빨리 핸드폰의 상태를 확인했다. 휴! 하는 안도의 한숨이 절로 내쉬어졌다. 핸드폰은 정상이었고 수신 상태도 훌륭했다. 그는 112를 누르다 번호를 지우고는 119를 눌렀다. 통화버튼을 누르려는데 다시 종료버튼을 누른 뒤 보험회사에 연락을 취하는 것으로 최종 결론을 내렸다. 친절한 안내멘트가 흘러나왔다. 긴급출동을 지시하는 1번을 누르자, 얼마 지나지 않아 늦은 새벽임에도 힘차고 상냥한 안내원의 목소리가 들려왔다.

"사고가 났습니다."

그는 차분하고 낮은 목소리로 말했다. 안내원이 고객님 차량 이외에 다른 차량도 파손되었습니까? 라고 물었다. 그는 주위를 둘러보며 말했다.

"아니요, 혼자 터널을 달리다 난 사고입니다. 터널이 무너졌습니다."

그의 눈에는 아슬아슬하게 큰 돌덩이를 막아낸 앞 유리가 꽤나 거슬렸다. 우장창 금이 가버린 유리는 금방이라도 돌덩이들을 그의 머리위로 쏟아내려 하고 있었다. 그가 밖으로 나가보려 문을 열어 보았지만 문을 막아서고 있는 묵직한 돌들은 그에게 밖으로 나갈 수 있는 권리를 박탈해 버렸다. 안내원이 그에게 위안을 주려 했다. 하지만 심리적 불안 때문에 그의 귀는 안내원의 위로를 거부하고 있었다.

"고객님. 정확한 위치 확인을 위해 휴대폰을 통하여 위치 추적을 하겠습니다. 터널이 무너져 내린 사고는 저희 보험회사에서 해결해 드릴 수 없으니 제가 경찰서와 소방서에 연락을 취하도록 하겠습니다. 구조 이후에 저희가 차량은 인도하도록 하겠습니다."

"예, 알겠습니다. 빨리 조치를 취해 주세요. 굉장히 위험한 상황

같습니다."

"최대한 빨리 조치를 취하도록 하겠습니다. 다치신 곳은 없으신지요?"

안내원의 말에 그는 이리저리 자신의 몸을 둘러보았다. 룸밀러로 얼굴을 비춰본 그가 핸들에 머리를 박았을 때 생긴 혹을 조심스럽게 만져보며 말했다.

"이마에 생긴 작은 혹을 빼고는 아픈 곳은 없습니다."

"다행이시네요. 일단 고객님과 가장 가까운 곳에 위치한 직원이 연락을 드릴 겁니다. 빠른 조치를 취해드리도록 하겠습니다."

이정수가 고개를 끄덕이며 전화를 끊었다. 그는 바로 집으로 전화를 걸기 시작했다. 몇 번 울리지 않아 바로 그의 아내가 전화를 받았다. 왜 이렇게 늦어? 라는 독촉과 핀잔의 목소리가 그를 맞이했다.

"사고 났어. 수진이는?"

"사고? 무슨 사고? 몸은 괜찮아?"

아내의 목소리는 금세 바뀌어 걱정을 가득 담고 있었다. 그는 별일 아니라는 투로 말했다.

"별일 아니야, 터널이 무너져 내렸어. 곧 경찰하고 119가 와서 구조해 줄 거야. 다친 곳도 없고 다행이야."

이정수는 간신히 바위를 막고 있는 유리가 거슬려 뒷좌석으로 힘겹게 몸을 이동하며 말을 이었다.

"수진이는?"

"자고 있어. 어떻게 된 일이야?"

아내의 목소리에는 걱정을 넘어선 불안이 가득 배어 있었다. 이정수는 이리저리 고개를 돌려 밖의 상황을 파악했다. 온통 어둠뿐이었다. 바위들이 차 주위를 에워싸고 있었다. 라이트는 깨졌는지 제 기능을 상실했고 창문들은 이리저리 금이 가 있었다. 다행스러운 것은 뒷좌석은 안전을 보장해 줄 수 있을 정도는 되어 보였다.

"젠장. 분명 부실 공사일 거야. 터널이 무너지다니 말이 돼? 걱정하지 마. 별일 아니야. 곧 구조대도 올 거고 금방 나갈 수 있을 거야."

이정수는 바닥에 나뒹굴고 있는 케이크와 인형을 의자에 올려놓았다. 망가진 케이크를 보니 짜증이 물밀듯이 밀려들어왔다. 여전히 안정을 되찾지 못하는 아내가 다시 말을 꺼내려는 순간 통화 중 대기를 알리는 음이 전해졌다.

"보험회사에서 전화 왔나 봐. 바로 전화할게."

이정수가 급하게 통화버튼을 눌러 새롭게 걸려온 누군가와 통화를 시도했다. 역시나 보험회사였다. 출동요원은 그의 몸 상태를 확인하고 위로의 말을 전했다. 그는 처음 직원과 통화했을 때와 똑같이 상황을 자세하게 나열했다. 출동요원은 곧바로 출발하겠다는 말과 함께 전화를 끊었다. 그가 다시 아내에게 전화를 걸었다. 신호음이 울리지도 않았는데 아내의 목소리가 급하게 전해졌다.

"여보. 뭐래?"

"출동한다고 하네. 수진이 생일인데 이거 꼴이 이상하게 돌아가네."

이정수가 뒷좌석에 몸을 뉘였다. 케이크와 인형을 배 위에 올려놓은 채 통화를 이어갔다.

"수진이 많이 서운했겠어."

"일주일에 한 번 오는 아빠보고 서운하지 않을 아이가 어디 있어? 더군다나 오늘은 생일인데."

아내의 목소리는 많이 침착해져 있었다. 이정수와 아내의 화제는 자연스럽게 사고가 아닌 수진이에게로 옮겨졌다.

"수진이 많이 기다렸나?"

"잠든 지 얼마 안 됐어. 아빠를 기다린 건지, 선물을 기다린 건지 모르겠지만."

아내의 핀잔 섞인 장난에 이정수가 웃음을 보였다. 아내 역시 입가에 미소를 담았다. 일주일 만이었다. 주말이라는 시간이 이들에게는 특별했다. 어느 누군가에게도 그렇겠지만 이정수의 가족들에게는 '더욱'이라는 단어가 늘 함께했다. 5일의 시간을 떨어져야 하는 그리움. 수진이가 태어난 뒤부터였으니 이제 4년이 되었다. 그는 오랜만에 아내와 통화한다는 일에 낭만을 느끼고 있었다. 아내 역시 마찬가지였다. 수진이가 세상으로 나오면서 전쟁과 같은 삶을 살아야 했다. 조금이라도 보수가 좋은 직장을 찾아야 했고 조금이라도 풍족함을 오래 지속할 수 있는 안정을 찾아야 했다. 가족이라는 울타리가 커지면서 그와 아내는 사랑의 열정을 조금씩 포기해야만 했다. 전화통화라고는 수진이 이야기나 집안

경조사를 챙기는 일이 일상이 되어 버리고 말았다.

"오랜만이다. 이렇게 통화하는 일 말이야."

이정수의 말에 아내가 그렇지? 라고 동의했다. 사고의 순간과 지금의 상황은 그들에게 그리 중요하지 않았다. 이미 구조대와 보험회사 직원은 출동했고 조금만 지나면 만날 수 있을 거라는 확신이 그들에게 있었기 때문이다. 그는 어둠이 무섭지도 낯설지도 않았다. 누군가의 도움이라는 믿음은 오히려 여유를 안겨 주었다. 자세히 보니 무너진 돌덩이들도 안정적으로 자리 잡은 것 같았다. 여유를 가진 자의 눈에서나 보이는 광경이었다. 그는 몸을 일으켜 차키를 반 바퀴 돌렸다. 음악을 틀어볼 요령이었다. 그가 주말의 아쉬움을 남겨두고 회사로 돌아가기 전, 아내는 언제나 음악시디를 구워주었다. 그 음악을 듣는 일이 유일한 낙이었고 월요일의 시작이었다. 벌써 시디는 그의 차와 사무실에 한가득 자리 잡고 있었다. 음악은 고요하게 흘러나왔다. 아내도 음악에 취해 한동안 말이 없었다. 잔잔한 음악이 그들의 여유를 한층 더 높여주었다. 한 곡이 마무리를 향해 달려갈 즈음 그가 입을 열었다.

"오늘 와인 사가지고 들어갈까?"

"언제 구조될 줄 알고?"

"부분만 무너진 거 같아. 포클레인이나 그런 것들이 오면 금방 치워줄 거야. 어때? 와인 한 잔?"

"그래도 다행이야. 지금 다시 생각하니 가슴이 철렁 내려앉는 거 같아."

"봐봐. 그래도 할부가 많이 끼긴 했어도 좋은 차 사길 잘했지?"

"그건 인정할게."

부부의 목소리는 부드러웠다. 음악이 바뀌자 서로의 귀는 스피커를 향해 집중됐다. 공유. 부부에게 있어서 가장 자연스럽지만 흔치 않은 감성의 공유가 시작되고 있었다. 서로가 말하지 않아도 음악을 통해 많은 부분을 회상하고 느끼는 소중한 시간이 사고로 인하여 이어지고 있었다.

"아! 뭐야?"

분위기에 젖어 있던 이정수가 갑자기 휴대전화 액정을 확인했다. 액정에는 낯선 번호가 선명하게 찍혀 있었다.

"여보. 전화 왔네. 보험회사인가 봐."

이정수는 자신을 구하러 온 출동요원이 원망스러웠다. 이런 기회는 흔치 않기에. 짜증과 함께 아이처럼 징징거리는 그를 아내가 달랬다.

"빨리 와. 와인에 어울리는 안주 준비하고 있을게."

"하하, 그래. 다시 전화할게."

아쉽고도 아쉬운 통화. 이정수는 아내가 전화를 끊고 나서야 출동요원의 전화를 받았다. 통화를 이어가는 그의 표정은 짜증에서 무표정으로, 이내 얼음장처럼 굳어 버린 모습으로 변했다. 전화를 받고 있던 손은 덜덜덜 떨려왔다. 바짝 마른 입술에 침을 발라보았다. 살짝 벌어진 입술은 심하게 떨려왔다. 창백한 그의 얼굴에서 핏기는 찾아보기 힘들었다. 그의 눈빛만이 지금의 상황이 사실이 아니라 믿고 있었다. 초점 없는 눈동자는 사실을 극구 부인하고 있었다. 그가 지금 무슨 말을 하는 겁니까! 라고 소리쳤다. 누워 있던 그의 허리가 위로 솟구쳤다. 출동요원이 잠시만 기다려 주세요, 라고 쥐구멍을 찾는 목소리를 내었다. 잠시 후 자신을 소방대원이라 이야기하는 누군가가 전화를 받았다. 그는 두 눈을 질끈 감았다. 귀를 막고 싶었지만 손은 떨리는 와중에도 소방대원의 소리를 잔인하게 듣고 있었다.

"이정수 씨, 지금 구조가 불가능합니다. 현재 터널을 조금이라도 건드리게 된다면 완전히 와해될 가능성이 있습니다. 하지만 최선을 다하겠습니다. 지금으로서는 방법이 없습니다."

이정수가 전화기를 천천히 내려놓았다. 호랑이에 홀린 사람처럼 그는 나지막하게 중얼거렸다.

"살아있단 말이야. 나는 지금 살아있단 말이야. 죽은 사람처럼 희망 없는 이야기를 꺼내지 말라고."

바닥에 떨어진 핸드폰에서는 소방대원이 이정수의 이름을 외치고 있었다. 그는 아랑곳하지 않고 멍한 눈빛으로 어둠뿐인 창밖을 바라보았다.

"와인 사가야 하는데. 우리 아내가, 수진이가 기다리고 있을 텐데."

김미진은 늦은 새벽 콧노래를 흥얼거렸다. 냉장고를 열어 보고 그중 와인이라는 마법약과 가장 어울릴 만한 채소류를 꺼내 드레

싱 소스를 만들고 있었다. 얼마 만일까? 수진이가 태어나고 한 번도 단 둘만의 시간을 보내본 적이 없었다. 주말이라는 시간은 언제나 가족, 즉 수진이와 이정수, 김미진이 공통된 시간을 보내야만 하는 연례행사와 같았다. 일주일에 이틀의 시간만이 허락되는 그들에게는 어느 누구도 소외되거나 외로워서는 안 되는 황금 같은 시간이었다. 가족이라는 구성 아래 언제나 공동체만을 주장해야 하는 시간들 속에서 오늘은 오래전 동행하던 설렘이 가슴의 문을 두드리고 있었다. 그녀의 몸동작은 가벼웠다. 장 속에서 오랜 시간 잠들어 있던 먼지 쌓인 와인 잔 중 가장 우아하고 아름다운 잔을 신중하게 골랐다. 씩 웃으며 잔을 깨끗이 씻고 있는데, 이런 자리에 초는 결코 빠져서는 안 된다는 생각이 불현듯 스쳐지나갔다. 그녀는 안방으로 달려가 옷장 속 어디에 숨겨져 있을 초를 열심히 찾고 있었다. 어디에 놔두었더라? 라고 중얼거리며 한창 분위기를 위한 필수품을 찾으려 열중하고 있을 때 거실 식탁에 놓인 핸드폰이 그녀를 급하게 찾았다.

"벌써?"

김미진의 눈이 휘둥그레지며 재빨리 거실로 향했다. 전화는 이정수가 아닌 낯선 누군가의 번호였다. 불현듯 불길한 예감이 설렘의 방문을 방해했다. 이 늦은 시간 낯선 번호라 하면, 이라는 생각하기 싫은 걱정이 엄습했다. 설마, 구조되고 나서 배터리가 없어서 그런 걸 거야, 라고 스스로에게 최면을 걸었다. 천천히 전화를 받았다. 제발 남편 목소리가 들려오길 바랐다. 지금 구조됐어, 당장 달려갈게, 라는 힘찬 목소리를 원하고 원했다. 그녀는 말없이 상대의 음성을 기다렸다. 상대는 그녀가 전화를 받았다는 것을 인지하지 못했는지 다른 누군가에게 소리치고 있었다.

"이봐! 일단 자네들은 철수해! 거기 건들지 말고! 전문가들 올 때까지 기다려!"

김미진의 다리가 중심을 잃고는 비틀거렸다. 겨우 한 손으로 식탁을 의지하고 나서야 의자에 앉을 수 있었다. 그녀가 작은 목소리로 여보세요? 라고 말했다. 그제야 상대는 그녀에게 목소리를 전달했다. 이정수에게 자신을 소개했던 소방대원이었다. 그에게 자신을 소개했을 때와 똑같이 그녀에게도 자신의 신분을 밝히고는 말을 이었다. 그녀의 눈에서는 슬픔과 좌절, 공포를 모두 안고 있는 눈물이 흘러내렸다.

"현재로써는 남편분의 귀가가 어려울 것 같습니다. 전문가들이 일단 상황을 보고 나서 구조가 결정될 것 같습니다. 틀림없이 남편분을 안전하게 집으로 모시겠습니다. 다만 시간이 조금 걸린다 생각해 주시면 감사하겠습니다."

김미진이 소방대원의 말에 동문서답과 같은 절망을 토해냈다.

"그이, 와인 사와야 된단 말이에요. 수진이, 아빠 기다리다 잠들었단 말이에요. 오늘이 우리 수진이 생일이란 말. 이. 에. 요."

김미진이 급하게 수진이와 함께 택시에서 내렸다. 일사천리로 더 이상 터널이 무너지지 않게 보수를 하고 있는 소방대원들과 건축기사들이 눈에 들어왔다. 그녀가 수진이를 안고 소방대원들이 작업을 하고 있는 곳으로 발걸음을 향했다. 어느 소방대원이 그녀를 제지했다.

"접근하시면 안 됩니다. 위험합니다."

"우리 아이 아빠가 전화를 받지 않아요!"

간단한 대답이 김미진을 제지하던 소방대원의 손을 내려오게 만들었다. 분주하게 움직이던 대원들 중 그녀와 통화했던 나이 지긋한 중년의 남성이 다가왔다.

"죄송합니다. 지금 최선은 더 이상 터널이 무너지지 않게 조치하는 일뿐입니다. 지금 패닉상태라 전화를 받지 않는 것 같습니다. 일단 전화는 하지 마세요. 차량용 충전기가 없다면 배터리를 아껴야 하니까요."

대원이 머리를 숙였다. 김미진의 눈에서는 쉴 새 없이 눈물이 흘러내렸다. 영문을 모르고 잠결에 끌려나온 수진이가 두 눈을 비비다 그녀의 눈물을 닦아주며 말했다.

"엄마. 아빠는 어디 있는데? 아빠 보러 온다면서."

김미진이 수진이의 말에 옳거니! 하는 표정을 지어 보였다. 졸린 눈으로 태연하게 말하는 수진이와 달리 그녀는 정신 나간 사람처럼 수진이의 얼굴을 앞에 서 있는 대원에게 돌리게 했다.

"이분이 아빠 구해줄 거야. 여기 있는 아저씨가 저기 안에 있는 아빠 구해서 나오실 거야."

격양된 목소리와 강압적인 김미진의 행동에 수진이가 겁을 먹고 울음을 터트렸다. 그녀는 아랑곳하지 않고 소리쳤다.

"똑바로 봐! 여기 있는 아저씨가 아빠 구해올 거라고! 빨리 봐! 똑바로 보라고! 눈떠! 울지 말고 눈떠서 아저씨 보란 말이야!"

미친 사람도 이 정도로 사나울 수 없을 것이다. 수진이가 김미진의 가슴으로 얼굴을 묻으려 했다. 그녀는 그런 수진이의 턱을 잡고 강압적이며 거친 행동으로 대원을 바라보게 했다. 중년의 대원이 그녀를 제지했다.

"이러시면 안 됩니다. 아이에게 충격을 주시면 안 되잖아요!"

김미진이 수진이를 내려놓았다. 자신을 말리는 대원의 팔을 잡고 소리쳤다.

"구해주실 거죠! 맞죠! 구해주실 거죠! 우리 수진 아빠 구해주실 거죠!"

울고 있는 수진이가 팔을 뻗고 누군가를 찾았다. 대원이 어쩔 수 없이 대신 수진이를 안았다.

"반드시 구조할 겁니다. 반드시. 자고 일어나면 터널에서 안전하게 빠져나오실 겁니다."

김미진이 털썩 주저앉았다. 흐르는 눈물 사이로 무너진 터널이 잔인하게 그녀의 눈을 덮쳐 왔다. 수진이는 울면서도 엄마에게 자신을 안아 달라 손짓하고 있었다. 대원은 서툰 몸짓으로 수진이를 달랬다. 그녀가 터널을 바라보며 힘 빠진 목소리를 내었다.

"이번 주말은 악몽이다. 이틀의 행복마저 허락되지 않는 악몽이다. 제발, 제발 살아 돌아와요. 수. 진. 아. 빠."

여보 미안해, 아무래도 조금 늦게 나갈 거 같아.
우리 와인은 나중에 마시자.

기다리는 거 익숙하잖아, 주말이 조금 길어졌다 생각할게.

02

희망을 품고서

　－ 개통된 지 5개월 만에 부실 공사로 무너진 터널에 나와 있습니다. 현재 이 모 씨는 3일째 이곳에 갇혀 구조만을 애타게 기다리고 있는 안타까운 실정입니다. 원자력발전소에서 근무하는 이씨는 귀가시간 터널이 무너져 내리면서 고립되었는데요. 구조가 쉽지 않은 실정입니다.

　이정수가 고립된 지 3일이 지났다. 하룻밤, 조금 불편한 잠을 청하고 나면 이틀은 가족과 함께 오붓한 저녁식사를, 아내와 오랜만에 사랑을 나눌 수 있다는 기대는 처참하게 무너지고 말았다. 3일을 1초 단위로 풀어 놓는다면 터널을 수백 번도 더 통과했을 길이가 나올 것이다. 3일 만에 그에 대한 뉴스가 보도되었다. 3일이 지났지만 아직 구조의 손길은 그에게 미치지 못하고 있었다. 3일이라는 지루한 시간은 대한민국의 모든 시선을 그에게로 향하게 했다. 구조라는 갈망의 시선도 있었지만 대부분이 흥미로운 어느 영화를 보는 듯한 화제의 시선이 대부분이었다.

그는 휴대폰 배터리를 아끼기 위해 하루 5분의 통화만을 이어갔다. 3분은 김미진과 통화를 했고 2분은 구조대원들과의 통화로 상황을 통보받았다. 그녀에게는 곧 나갈 수 있대, 라는 희망을 전했지만 구조대원은 조금만 더 기다려 주십시오. 지금 저희가 최대한 노력하고 있습니다, 라는 먼 나라의 이야기만을 들려주었다. 3일이라는 시간은 그에게 많은 변화를 가져왔다. 케이크를 살 때 줬던 서비스로 넣어준 빵의 개수를 세어봐야 했고, 며칠을 버틸 수 있을지를 고민해야 했다. 빵은 다섯 개, 주유소에서 준 생수가 운전석 밑에서 두통이 나왔다. 하루 만에 생수 한 통을 다 비워버렸다. 더위는 그에게 심한 갈증을 느끼게 했다. 남은 한 통마저 비워 버리려는데 다음날 소방대원이 아닌 다른 사람과의 통화에서 그는 어제의 일을 뼈저리게 후회했다. 자신을 무슨 전문가라 밝힌 남자는 그에게 대뜸 차량용 휴대폰 충전기가 있습니까? 라고 물었다. 그는 아니요, 라는 말과 동시에 지금 상황이 자신을 죽음이라는 최악까지 몰고 갈 수도 있을 거라는 확신이 온몸을 향해 달려왔다.

남자는 이정수에게 끊임없이 질문을 던졌다. 그는 남자의 질문에 성실하게 대답했다. 구조가 어렵다면 어떻게 해서든 버텨야 한다는 본능이 그의 귀를 집중하게 만들었다. 남자는 식량이 얼마나 남았는지를 확인했다. 그는 빵 다섯 개가 남았고 생수가 한 통 남아 있다 말했다. 언제 구조가 될까요? 라는 가장 중요했던 질문은 이제 저 멀리 달아나고 있었다. 지금은 살아남을 수 있는 방법을 듣는 일이 우선순위로 다가왔다.

"배터리를 아끼세요. 아내와는 하루 3분. 저희 측과도 하루 3분 정도 통화를 하시는 게 좋을 것 같습니다. 배터리가 절반 정도 남았다면 그래도 2주일은 버틸 수 있을 겁니다."

"2주요?"

가만히 듣고 있던 이정수의 머리는 아득함만이 존재했다. 2주? 그럼 2주라는 시간 동안 내가 이곳에 있어야 한다는 말인가? 라는 답답함과 불안, 두려움이 한순간 해일처럼 그의 가슴을 덮쳐 왔다. 심장소리가 점점 커지기 시작했다. 온몸의 근육들이 떨려오며 결코 2주 동안 이곳에서 버틸 수 없다는 신호를 맹렬하게 보내왔다. 그의 마음은 조난 당한 조각배가 폭풍을 만난 듯이 심하게 흔들렸다. 언제 침몰할지 모르는 자신을 보니 의지마저 사라지는 것 같았다.

"버틸 수 있습니다. 케이크가 있고 물이 남아 있습니다. 물은 저희가 호스로 흘려보내겠습니다. 물만으로도 일주일은 거뜬하게 버팁니다. 여름이라 빵과 케이크가 빨리 상할 수 있습니다. 식중독 위험도 있으니 3일 정도 든든히 배를 채워두십시오. 안에 다른 먹을 것은 없습니까?"

남자의 말에 이정수가 정신없이 차 여기저기를 구석구석 뒤져보았다. 며칠 전 수진이가 먹고 남긴 과자 봉지를 버린 일이 생각났다. 그가 이내 식량을 찾는 것을 포기하고 없습니다, 라고 대답했다. 남자는 그제야 지금 상황을 자세하게 설명하기 시작했다.

"지금 터널은 무너지지 않을 겁니다. 밖에서 위험요소들을 안전하게 제거했습니다. 하지만 구조하는 데 시간이 조금 거릴 것 같습니다. 2주 정도의 시간이 소요되는데 땅을 파서 구조를 해야 합니다. 지금은 안전하지만 무너진 돌들을 치우다가는 2차적인 붕괴가 있을 수 있습니다. 그때까지 버티셔야 합니다."

"버틸 수…… 있을까요?"

이정수가 힘없이 물었다.

"수진이를 생각하세요. 집에서 기다리는 아내를 생각하세요."

"수진이, 우리 집사람."

이정수의 입에서 무의식적인 중얼거림이 터져 나왔다. 그가 케이크와 인형을 바라봤다. 조난당했던 그의 마음이 조금씩 다시 노를 젓기 시작했다. 목표를 일깨워 준 것이다. 등대의 불빛이 어서 그곳을 빠져나오라 밝은 빛을 비춰주는 것 같았다. 가족이라는 등대. 결코 주저앉아서는 안 된다는 의무와 사명을 주는 존재들.

"우리 수진이에게 조금 늦은 생일파티를 열어 줄 수 있겠죠?"

이정수는 남자에게 확답을 듣고 싶었다. 남자는 자신 있게 말했다.

"걱정하지 마세요. 근사한 생일파티를 수진이와 함께할 수 있습니다. 저만 믿으세요."

"아내에게 전화를 해야겠습니다. 내일 오후 두 시에 통화하도록 하겠습니다. 아내에게는 차 안에 먹을 것들이 넉넉하다 말씀해 주세요. 걱정을 안겨주기 싫습니다."

　─ 나야, 곧 구조된대. 나갈 수 있어. 2주만 버티면 돼.
　─ 차 안에 먹을 건 있어?
　─ 다행히도 수진이 케이크 살 때 빵이랑 과자를 조금 샀어. 2주 동안은 충분히 먹을 수 있어.
　─ 잘 되겠지? 여보, 나…… 너무 두. 렵. 다.

　김미진이 3일 동안 흉측한 모습으로 자신 앞에 잔인하게 버티고 있는 터널 앞에 나와 있었다. 터널은 여전히 위풍당당한데 그녀는 조금씩 지쳐갔다. 지독한 여름은 30도를 넘어서는 무더위로 그녀를 고문했다. 그녀가 더위를 힘겹게 참아내며 터널을 노려보고 있는데 갑작스러운 빈혈이 체력의 한계를 호소했다. 시야가 조금씩 흐려졌다. 지지 않으려, 정신을 차려보려 고개를 절레절레 흔들며 터널을 향한 증오를 쉴 새 없이 내뿜었다. 하지만 처절할 만큼 뜨거운 태양은 그녀의 정신과 육신에 저주를 내렸다. 그녀의 눈이 스르르 감기더니 정신이 아득해져 갔다. 그녀의 귀는 구급차 불러! 라는 소리를 마지막으로 굳게 닫혀 버렸다. 그 모습을 바라보는 터널은 그녀에게 이정수를 내놓을 생각이 없어 보였다.

　김미진이 정신을 차렸을 땐 터널이 아닌 깔끔한 병실 안이었다.

그녀의 팔에는 링거가 꽂혀 있었다. 온몸이 무거웠다. 커다란 산이 그녀의 몸을 짓누르고 있는 거 같았다. 손가락 하나 까딱할 수 없는 지경에서도 그녀는 옆에 놓인 리모컨을 찾아 TV전원 버튼을 눌렀다. 덜덜덜 떨리는 손으로 느릿느릿 뉴스채널을 눌렀다. 예상대로 이정수에 대한 특집 방송이 이어지고 있었다. 어느 전문가와 아나운서가 이야기를 나누고 있었다.

"이씨의 구조는 어떻게 진행이 되는 겁니까?"

아나운서는 딱딱한 어조로 전문가에게 물었다.

"터널을 건드릴 수 없으니 차량이 있는 지점까지 땅을 파서 들어가는 방법이 가장 안전하고 확실한 구조방법입니다. 다만, 땅에 단단한 암석들이 많아 그걸 뚫어야 하는 문제가 가장 심각합니다. 또한 차량 근처에 인접했을 땐 기계의 진동으로 터널이 무너져 내릴 수 있는 위험이 있으니 삽으로 사람이 직접 땅을 뚫고 올라가야 합니다."

"그럼 구조가 쉽지 않을 텐데요. 그 방법으로 확실한 구조가 가능한 겁니까? 실패 가능성은요?"

"실패 가능성은 없습니다. 단지 시간 소요가 가장 문제가 되고 있습니다. 식량이 제대로 확보되지 않은 상황에서 구조자가 얼마나 버틸 수 있을지가 의문입니다. 음식을 전달할 방법이 없으니 구조자가 적절하게 상황을 대처하길 바라는 수밖에 없습니다."

김미진의 눈이 감겼다. 창백하고 심하게 튼 입술을 깨물어 보았다. 눈이 감겨 있는 가운데에서도 귀는 기능을 유지하고 있었다. 어제 이정수가 자신에게 희망을 주었던 말과는 전혀 다른 이야기들이 오고 갔다. TV 속에 비춰지는 아나운서의 절망적인 표정과 전문가의 자신 없는 모습을 보기 싫어 눈을 감았건만 그들의 목소리가 TV 속 표정을 상상하게 했다. 눈물이 흘렀다. 흐느끼고 싶었지만 힘이 없어 소리도 제대로 새어 나오지 않았다. TV를 끄려 했다. 리모컨을 들어올렸지만 손가락은 말을 듣지 않았다. 손이 털썩 침대 위로 떨어지는 순간 그녀의 핸드폰이 우렁차게 울렸다. 이정수였다.

"응, 여보."

흐느낌도 나오지 않던 목은 어느새 언제 그랬냐는 듯 제 기능을 하고 있었다. 피곤에 절어 있는 목소리도 아니었고 절망에 사로잡힌 목소리도 아니었다.

"뭐하고 있었어?"

이정수 역시 마찬가지였다. 불안 따위는 전혀 없이 말했다. 여느 때와 다름없이 회사에서 전화를 하는 듯한 말투였다.

"그냥 뉴스 보고 있었어. 자기 구조 가능성이 거의 확실하대. 기운 내자."

"하하! 그렇지? 거봐 내가 걱정하지 말라고 했잖아. 좀 쉬어. 잠도 못 자고 있었던 거 맞지?"

"아이고, 잘만 잤네요. 수진이랑 내가 하루이틀 당신 없이 지내온 것도 아닌데."

"이야, 그 말은 조금 서운한데?"

"농담이야."

김미진이 TV볼륨을 낮추고 있었다. 편안함을 이어가려 애를 쓰고 있는 가운데 그녀의 손이 멈칫했다. 전문가의 잔인한 말이 그녀에게 전해졌다.

"길면 한 달 이상이 걸릴 수 있는 구조 작업입니다. 암석이 거의 없다는 조건이 붙어야 2주 안에 구출할 수 있는 상황입니다. 하지만 이곳 터널 밑부분은 암석들이 많이 자리 잡은 지형입니다. 쉽지만은 않을 것 같습니다."

김미진이 멍하니 아무 말도 하지 않자 이정수가 여보? 하고 불안한 음색을 전달했다. 그의 떨리는 목소리가 그녀를 최면에서 재빨리 깨워주었다.

"응? 아! 뉴스에서 지금 구조작업 시작한다고 해서 잠시 보고 있었어. 자기 정말 음식 넉넉한 거 맞지?"

"그럼. 2주는 충분히 먹고도 남아."

"그래도 혹시 모르니까 아껴 먹어."

"2주면 충분하다고 했어. 걱정하지 마."

"여보."

"응?"

김미진이 마른 침을 꿀꺽 삼켜보았다. 이정수는 침묵의 긴장 속에 그녀의 이야기를 기다렸다.

"당신에게 음식을 만들어 주고 싶어. 정말 미치도록."

김미진의 말에 이정수가 가벼운 농을 던졌다.

"당신 요리 솜씨 그리 좋지 않은데."

"그래도 만들어 주고 싶어. 어떤 음식이든 자기가 원하는 건 배워서라도 다 해 주고 싶어."

"갑자기 왜 그래? 철들었나?"

김미진의 입술을 눈물이 가로 막았다. 그녀가 잠시 수화기를 손으로 막고 소리죽여 흐느꼈다. 그녀에게 허락된 시간은 그리 많지 않았다. 통곡의 시간마저 지금은 사치스러웠다. 그녀는 마음껏 울어 보지도 못하고 눈물을 가슴 깊숙한 곳으로 집어삼켰다. 3분이라는 짧은 통화시간, 울음으로 보내기에는 너무 억울했다.

"그냥, 맛있는 거 해 주고 싶어."

"하하, 정말 왜 그래?"

"그냥, 그냥. 정말, 다 해. 주. 고. 싶. 다."

"……"

"모든 걸 다 해. 주. 고. 싶. 다."

― 이정수 씨, 먹을 것은 이제 남아 있지 않죠?

― 아니요, 케이크 남았습니다.

― 그거 상하지 않았으면 빨리 드세요.

― 아니요, 괜찮아요.

― 체력이 가장 중요합니다.

― 내 딸에게 줄 겁니다. 빨리 나가서 우리 수진이에게 줄 겁니다.

― ……

― 원래부터 수진이 거였어요. 우리 함께 케이크 먹을 겁니다.

03

하나의 마음으로

이정수가 고립된 지 5일째. 여론은 하나가 되었다. 이정수의 뉴스는 톱뉴스 감이었다. 동정론을 기반으로 수많은 후원이 뒤를 이었다. 전문 건축기사들이 조그마한 도시의 좁은 2차선 도로 터널에 몰려들었다. 그에게 도움을 주기 위한 장비들도 하나씩 속속 모여들었다. 무너진 터널을 포위하듯 진을 치고 있는 사람들과 거대 건축 장비들은 모두가 터널을 향해 총공격을 퍼부으려 대기 중이었다. 터널의 위엄은 그야말로 철옹성이었다. 그 누구의 근접도 허락하지 않았다. 인질을 총으로 위협하는 강도와 같이 조금만 다가오면 금방이라도 방아쇠인 돌덩이들을 그에게 쏟아내려 하고 있었다. 사람들은 인질을 구출하기 위한 수단으로 접근방식을 달리했다. 전문가의 이야기대로 이정수가 갇혀 있는 부근을 찾아

산을 거침없이 파헤쳤다. 중장비들이 올라갈 수 있는 임시도로를 만들었다. 중장비가 올라가 암석을 사정없이 때렸지만 터널을 호위하는 녀석들은 좀처럼 쉽게 떨어져나가지 않았다. 30도를 넘어버린 더위 역시 터널의 손을 들어주고 있었다. 인간들이 쉽게 포기하길 바라는 마음으로 쉬지 않고 강한 햇볕으로 공격을 퍼부었다. 일을 하던 인부들이 물을 찾는 일이 잦아졌다. 땀으로 샤워를 하고 손은 조금씩 느린 동작을 보였다. 중장비들은 계속된 움직임에 거친 굉음으로 힘겨움을 호소했다. 오전부터 시작된 구출작전은 오후를 넘어가면서 한계를 보이고 있었다. 카메라를 들고 모여 있던 방송국 사람들은 불볕더위를 참지 못하고 카메라와 기자만을 남기고 차 안으로 대피하거나 그늘을 찾았다. 모두가 지쳐 있었다. 점점 기력을 잃고 휴식을 간절하게 원하는 순간 쾅! 하고 돌덩이를 내리찍던 포클레인의 날카로운 이빨이 보기 좋게 부러지며 땀을 닦고 있던 인부에게로 거침없이 날아들었다. 모두가 안 돼! 조심해! 라는 급박한 소리를 내질렀다. 멋도 모르고 땀을 닦던 인부는 목소리가 가장 큰 누군가를 향해 뒤돌아섰다. 그와 동시에 앗! 하고 비명을 지르며 바닥에 쓰러졌다. 인부가 쓰고 있던 안전모가 저 멀리 날아갔다. 인부의 머리에서는 피가 흘러내렸다. 더위에 카메라를 무의식적으로 잡고 있던 카메라맨과 멍하니 아무런 말도 하지 않던 기자들이 임시로 만들어 놓은 길을 급하게 뛰어 올라갔다.

"응급차 불러!"

주위에서 함께 일을 하고 있던 누군가가 소리쳤다. 각각의 방송사 카메라맨들이 앞다투어 쓰러진 인부의 모습을 카메라에 담았다. 기자들은 각자의 목소리에 열을 올렸다. 멘트 따위가 미리 준비되어 있지 않은 가운데 저마다의 생각을 거침없이 쏟아냈다. 동료 인부들은 자신의 목에 걸려 있던 수건으로 쓰러진 이의 머리를 감싸주었다. 인부는 고통으로 몸부림쳤다. 다리를 동동 구르며 자신의 머리를 부여잡고는 온몸을 사정없이 비틀어댔다. 비명은 높은 산을 넘어 저 멀리까지 메아리칠 만큼 처절했다.

― 오늘 낮 터널에서 구조작업을 하던 김 모 씨가 부상을 당했습니다. 다행스럽게도 생명에는 큰 지장이 없는 것으로 보입니다. 워낙 단단한 구조의 화강암이 자리 잡고 있는 산이라 작업은 쉽지 않을 것으로 예상됩니다. 현재 작업상황은 진척이 거의 없는 상태라고 합니다. 현재 이씨가 갇혀 있는 지점 근처에서 작업을 시작해 터널보다 깊숙이 땅을 파고 들어가야 하는 시점에서 지금과 같은 상태로 간다면 이씨의 안전한 구출은 기대하기 어렵다고 전문가들은 판단하고 있습니다.

김미진은 병원에서 뉴스를 시청하고 있었다. 5일 만에 본격적으로 시작된 구조작업은 아무런 성과도 없이 그녀에게 깊은 슬픔만을 전달했다. 수진이가 외할머니와 친할머니 곁에서 잠을 청하고 있었다. 저녁의 시간이 침통했다. 그녀의 친정어머니와 시어머니의 입에서 아이구야! 라는 비통함을 가득 담은 말이 터져 나왔다. 그녀의 손이 힘없이 얼굴을 향해 들어 올려졌다. 그녀가 전화기를 들었다. 이정수에게 전화를 걸어 보았지만 전화기가 꺼져 있다는 멘트만이 흘러나올 뿐이었다. 낮에 통화를 할 때만 해도 이정수의 목소리에는 힘이 들어가 있었다.

"여보. 지금 밖에서 구조작업을 하고 있나봐. 기계소리와 사람들 목소리가 여기까지 들려오고 있어! 곧 나갈 수 있을 것 같아. 여보, 시끄러우니까 나중에 전화할게. 오늘 안으로 나갈 수 있을지도 모르겠다. 너무 가까이에서 소리가 들려와. 하하! 저녁에 통화하자."

김미진은 오랜만에 단잠을 청할 수 있었다. 오후까지만 해도 언론은 이정수의 말처럼 구조작업이 순조롭다 이야기하고 있었다. 임시로 만들어진 길은 무거운 중장비를 거뜬하게 산 중간자락으로 옮겨 놓았고 거침없이 산을 파헤치는 모습이 카메라를 통해 중계되고 있었다. 그녀가 터널로 직접 이동하려 했지만 민간인은 통제가 제한되어 방송만이 그녀에게 위안을 주고 있었다. 잠시 단잠을 청하고 일어나 가벼운 마음으로 뉴스를 시청하던 그녀는 언론에게 처절하게 윤간을 당한 것 같은 수치심마저 들었다. 그녀는 물을 찾았다. 친정엄마와 시어머니에게 눈빛을 보냈다. 두 분의 어머니는 진작부터 그녀에게로 눈길이 향해 있었다. 서로에게 의지가 될 만한 무언가를 요구하고 있었다.

"엄마. 어머니. 걱정 마세요. 그이 강한 사람입니다."

"……"

두 분의 어머니는 말이 없었다. 정작 위로가 필요하고 울고 싶은 사람은 김미진일지언대 두 어머니는 오히려 그녀에게서 위로의 말을 기다리고 있었다.

"어머니. 잘 아시죠? 그이 어린 시절 이야기 많이 해 주셨잖아요. 뒷간에 빠졌던 이야기해 주셨던 거 생각나세요? 그때 정말 그이 죽을 뻔했었다면서요. 뭐라고 했었더라? 기억이 잘 안 나는데 이야기 좀 해 주시겠어요? 다시 한 번만."

"……"

"어머니 이야기해 주세요."

"……"

"어머니. 제발, 제발, 그때 이야기 좀 해. 주. 세. 요."

깜빡 잠이 들었나? 뒷좌석에 누워 있던 이정수가 고요함 속에 번쩍 눈을 떴다. 사방을 둘러보았지만 변한 것은 전혀 없었다. 얼마나 작업했을까? 라고 중얼거리며 그는 핸드폰 전원을 켰다. 핸드폰은 환한 빛으로 아직까지는 배고프지 않다고 당당하게 말하고 있었다. 오히려 그의 배가 배고픔의 신호를 보내왔다. 위가 살짝 경련을 일으키며 귀에 소리를 전달했다. 못 먹은 지 하루가 지났다. 벌써부터 이러면 어떻게 해? 라고 말하며 그는 꼬르륵거리는 배에게 핀잔을 주었다. 그가 배고픔을 달래려 남아 있는 생수를 모조리 들이켰다. 그와 통화를 한 전문가는 약속대로 호스를 통해 바위틈 사이로 충분한 양의 물을 공급해줬다. 그는 비어 있는 생수통으로 물을 받았다. 이물질이 가득한 바위틈들 중 가장 깨끗한 물이 공급되는 쪽을 선택하는 데 오랜 시간을 할애했다. 앞뒤 창문을 모두 열어 물이 흘러나오는 모든 틈새에서 신중한 검토를 하고 확인했다. 합격점을 받은 틈새는 왼쪽 뒤 창문에서 흘러나오는 물이었다. 계속 물이 공급되면서 바위에 붙어 있던 이물질이 많이 제거됐는지 오늘 마시는 물은 유독 맑았다. 키우! 소리와 함께 그는 핸드폰 통화버튼을 눌렀다. 신호음이 들려오는 도중 그는 몇 시인지를 확인했다. 벌써 저녁 10시가 되어 가고 있었다. 얼마 지나지 않아 김미진의 반가운 목소리가 들려왔다.

"응, 여보."

"아직 터널을 완전히 뚫지 못했나 봐. 뉴스 봤어?"

"응, 작업이 순조롭대. 그런데 며칠 더 걸릴 거 같은가봐."

"뭐하고 있었어?"

"어머니랑 엄마랑 집에서 자기 똥통에 빠진 이야기하고 있었어. 대단하던데? 그래서 자기 아직도 몸에서 악취가 심한 건가?"

"하하! 그래? 어머니 좀 바꿔 봐."

"어머니?"

"그래, 통화 좀 해 보게."

김미진이 머뭇거렸다. 이정수가 어머니와 통화를 하게 된다면 분명 눈물로 통화를 이어갈 것이다. 어쩌면 실수로 지금 상황을 그대로 이야기할지도 모른다. 이정수가 그녀를 보챘다.

"왜 그래? 어머니 좀 바꿔 봐."

"자기야. 어머니 많이 힘드셔. 자기가 갇혀 있다는 것 자체가 힘겨우신 분이시라고. 아무리 자기가 힘차게 전화를 받아도 어머니는 어머니야. 상처주지 말자. 나도 지금 어머니 몰래 전화받는 거야."

"그런가?"

이정수의 목소리에서 힘이 빠져나갔다.

"걱정 마. 구조상황이 아주 순조로우니까. 전문가랑 통화해 봤어?"

"아니, 아직."

"자기야 우리 내일부터 밤에 통화하자. 기계 소리 때문에 집중하기도 그렇잖아."

이정수가 맹한 웃음을 보이며 고개를 끄덕였다. 그들의 통화는 꽤 오랫동안 계속되었다. 시어머니가 해 주었던 똥통 이야기에 이정수가 자신을 강력하게 변호했다. 실수였다는 말로 시작하여 살기 위한 사투가 처절했다는 영웅적 이야기를 덧붙였다. 그와 그녀는 한참 동안 웃음으로 통화를 이어갔다. 시간이 잠시 도망을 갔었나? 시간 가는 줄 모르고 떠들던 그들에게 어느 순간 정적이 흘렀다. 흥분되고 들떠 있던 가슴은 찬물을 얻어맞은 것처럼 차분하게 가라앉았다.

김미진이 차분한 목소리로 정적의 시간을 깨뜨렸다.

"당신 그거 알아? 지금 나 당신이 너무 보고 싶어."

감성이 지배하는 시간에 다다르자 김미진의 목소리에 외로움과 힘겨움이 가득 묻어 나왔다. 이정수는 진작부터 그녀의 마음을 느끼고 있었다. 단지 말하면 터져 나올 절절함이 두려웠을 뿐. 그가 어둠 속에서 두 눈을 감아 버렸다. 눈을 뜨고 있으나 감고 있으나 매한가지였지만 눈을 감음으로 그녀의 영상이 나타난다는 것을 그는 알고 있었다. 근무를 하면서도 고단한 하루의 마지막은 눈을 감고 상상의 나래를 펼치는 일로 마무리했다. 그의 공상 속에는 언제나 그녀와 수진이가 함께했다. 결코 뗄 수 없는 실과 바늘과 같은 존재였다. 아니, 이미 하나의 바늘이나 실이 되어 버린 그들이었다. 그의 상상은 매일 퇴근 후 가족들을 보는 일로 시작되었다. 함께 밥상에 앉는 일이 일상이 되는 일이나 퇴근 후 그녀와 영화를 보는 일이나 온가족이 TV를 시청하는 가장 평범하면서 간절한 상상. 누군가에게는 흔해 빠진 하루가 그에게는 절실한 삶이었다. 지금도 눈을 감고 잠시 상상 속의 환영을 쫓아가 보고 있다. 터널을 빠져나가 그녀와 재회하는 장면. 찐한 키스를 나누며 눈물 속에 서로를 부서져라 안고 있는 모습이 형상화되었다.

"여보. 나 여기에서 나가면 다른 직장을 알아볼 거야."

그가 눈을 번쩍 뜨고 말했다. 이제 상상만이 아닌 현실로 애틋한 감정을 실현시킬 때가 다가왔다 생각했다. 다짐을 하니 지금까지의 삶이 후회되고 있었다.

"응?"

"돈도 좋고 안정적인 직장도 좋지만 나에게는 당신과 수진이와

의 시간이 더 필요해. 돈은 모으면 돼. 안정적인 직장? 내 능력만
월등하다면 그 누구도 나를 쫓아내지 못할 거야. 시간은 우리를
늙어 버리게 만들어. 수진이가 점점 커가는 모습을 볼 수 없는
것도 화가나 죽겠어. 일주일이 지나가고 집에 갈 때면 수진이가
성장한 모습에 놀랄 때가 있어. 내가 왜 내 딸이 자라는 모습에
놀라워해야 하지? 그 모습을 지켜보지 못하는 5일의 시간을 과연
돈으로 환산할 수 있을까? 나는 지금이 너무 아쉬워. 나 그래도
될까? 당신, 당신 생각은 어때?"

이정수의 말에 김미진이 거침없이 말했다.

"집에서 최대한 가까운 곳으로. 언제든 보고 싶을 때 달려갈 수
있는 곳으로. 걸어서 오 분 안에 도착할 수 있는 곳으로. 내가 언
제든 부르면 달려올 수 있는 곳으로. 우리가 서로를 찾을 때 항상
곁에 있을 수 있는 곳으로."

김미진의 목소리에 진실과 사랑이 듬뿍 담겨 있었다. 이정수가
분위기를 조금 띄워보려 소리를 높였다.

"그럼 편의점이 가장 가까운데? 아르바이트해도 괜찮겠어?"

"뭐든지. 돈 따위 중요하지 않아. 당신이 곁에 있는 것만으로,
당신이 부르면 달려올 수 있다는 것만으로 나는 충분해. 수진이와
당신만 있으면 나는 만족해. 우리 같이 일할래? 편의점에서?"

서로가 웃는다. 농담 때문이 아닌 함께할 수 있다는 행복으로
서로가 웃고 있다. 매일 같이 있을 수 있다는 상상이 그들에게
함박웃음을 피어나게 만들었다. 서로의 존재에 대한 소중함이, 서

로의 사랑이, 서로의 원함이 5월에는 꽃이 만발하고 겨울에는 눈
송이가 세상에 뿌려지는 것처럼 당연한 웃음을 만들어 내고 있었
다.

한참을 웃었다. 각자의 머리는 다른 미래를 생각하게 했지만
결론은 같았다. '함께'라는 것. 마주 잡은 손을 절대로 놓치지 않
겠다는 것. 그리고 한 공간에 살아간다는 이유만으로 지금보다는
더 많은 행복이 곁에 존재할 거라는 것.

– 여보, 음식은 충분하지?
– 응, 걱정하지 마. 언제나 배부르게 먹으니까. 물도 넉넉하고.
– 움직이지도 못하고 살 더 찌겠네?
– 하하. 그러게.
– 돼지가 돼도 좋아. 씻지 못해서 냄새가 나도 좋아. 그러니까
꼭 잘 버텨내고 있어야 돼.
– 걱정하지 마. 여기에서 나가면 가장 먼저 당신 근사한 저녁
부터 사줄 거야. 아주 섹시한 옷도 사줄 거고.
– 나는 말이지. 그냥 당신을 안고 싶어. 당신의 체온을 느끼고
싶어. 살아있다는 걸 느끼는 그 순간이 나에게는 제일 소중할 거
야. 지금도, 앞으로도, 내가 죽을 때까지.

이정수가 김미진과의 아쉬운 대화를 끝내고 긴장된 마음으로
전문가와의 통화를 시도했다. 신호음이 길게 이어진 뒤에야 낮은

목소리의 남자가 전화를 받았다.

"앞으로 이 시간에 전화를 드려도 될까요? 낮에는 너무 시끄러워서 잘 들리지도 않습니다."

이정수가 힘차게 말했다. 전문가는 그가 곧 구출될 거라는 기대감에 벅차 있다는 것을 쉽게 느낄 수 있었다. 잠시 아무 말도 없었다. 전문가는 사실을 이야기하고 적극적인 상황 대처방법을 그에게 알려줘야만 했다. 하지만 몇 시간 전 걸려온 김미진의 전화에 갈등이 일어나기 시작했다. 그녀는 절대 그에게 구조 상황의 힘겨움을 이야기하지 말라 했다. 지금 버틸 수 있는 힘은 굶어죽을 일은 없다는 희망과 함께 아침부터 오후까지 이어지는 기계음들의 소음이라 말했다. 전문가는 두 사람에게 말할 수 없는 비밀을 동시에 간직하고 있다는 것이 꽤나 버거웠다.

"여보세요? 듣고 계십니까?"

이정수가 전문가를 재촉했다.

"아! 네, 듣고 있습니다. 지금 구조 상황은 별 탈 없이 잘 진행되고 있습니다. 인터넷 여론에 힘입어 정부에서도 적극적인 조치를 취할 것으로 보입니다. 아! 그리고 말이지요. 나오시면 스타가 되실 겁니다. 여론이 모두 이정수 씨 편이 되었습니다. 후원금까지 모금되고 있습니다. 부실 공사를 진행한 회사에 대해서는 강력한 법적 조치가 이루어지고 정수 씨에게 엄청난 보상금액이 전달될 것입니다. 하루하루 그곳에 있으면 돈이 되는 일이지요. 그러니 조금만 버텨내십시오. 2주면 끝납니다."

"그런데 말이지요. 배가 너무 고픕니다. 하루밖에 안 지났는데."

이정수가 아내에게는 하지 못했던 고된 앓이를 하고 있었다.

"케이크는 상했나요?"

"모르겠습니다. 하지만 절대 먹지 않을 겁니다. 수진이와 아내가 있는 자리에서 먹을 겁니다."

전문가는 이정수에게 어떻게 해서든 희망을 줘야만 했다. 배고픔의 고통. 지금은 그것을 해결할 방안이 가장 시급한 문제였다. 전문가는 오랜 시간 그가 버텨줄 수만 있다면 구조는 확실하다고 굳게 믿고 있었다. 2주가 넘어갈 경우 그가 생명을 연장할 수 있는 힘은 거의 남아 있지 않을 것이다. 어려운 문제에 대한 답을 내리기 위해 하루 종일 고민했다. 쉬운 답은 아니었다. 오늘은 어떠한 결론이라도 내려주려 했지만 결국 수화기를 통해 위로를 던지는 것만이 할 수 있는 전부였다.

"일단 물만으로는 꽤나 고단하실 겁니다. 좋은 방법을 연구해 보겠습니다. 음식이 가장 급한 문제입니다. 음식만 전달될 수 있다면 좋을 텐데. 지금 구조대원들과 상의 중입니다. 음식을 전달할 수 있는 방법을 계속 연구하고 있으니 조금만 기다리세요. 희망의 끈을 놓으시면 절대 안 됩니다."

"후훗, 선생님. 제가 모든 걸 포기할 수 있을 거라 보세요?"

전문가의 걱정스러운 위로에 이정수는 장난스럽게 물음을 던졌다. 전문가는 분명 지금쯤 그에게 패닉상태가 찾아와 괴로워하거나 불안 증세를 보일 거라 판단하고 있었다. 상대가 아무리 희망적인 이야기를 하더라도 사람이기에 초조하고 두려울 수밖에 없다. 금방이라도 떨어질 것 같은 돌덩이들과 어둠뿐인 공간에 갇혀 있는 사람이 바로 그이다. 식량은 없고 날카로운 기계음과 진동들로 하여금 극심한 스트레스가 그에게 찾아왔을 거라 생각했다. 그런데 지금 웃음을 보이며 자신의 상태에 대한 자신감을 의심하는 전문가를 탓하고 있다.

"네?"

전문가가 오히려 당황스러워 하며 물었다.

"나가서 우리 아내와 수진이 봐야죠. 나갈 수 있다고 하셨잖습니까. 설사 불가능하더라도 가능하다 믿어야 합니다. 절대 여기에서 죽을 수 없습니다. 나는 아빠입니다. 한 여자의 남편이기도 하지요. 나는 내가 사랑하는 사람을 지켜야 합니다. 그때까지는 죽을 수 없습니다. 내가 사랑하는 아내가 쓸쓸하게 늙어 죽는 모습을 상상하기 싫습니다. 내가 잡아줄 겁니다. 아내의 마지막 가는 길에 손을 잡아주는 것도 나고, 딸아이의 결혼식장에 손을 잡고 들어가는 사람도 바로 나입니다."

왜일까? 전문가의 가슴이 찡하고 강한 울림을 전했다. 자신도 모르게 의지를 다잡고 이정수에게 확답을 전했다.

"제가 그 영광스러운 길을 가는 데 일조하겠습니다. 아내의 손, 딸아이의 손을 잡아드릴 수 있도록 제가 그 길을 함께 만들어 드리겠습니다. 약속합니다. 어떠한 일이 있어도 제가 만들겠습니다. 약속드립니다."

- 선생님, 그거 아세요? 우리 아이 말이지요. 주말만 되면 아내에게 옷을 사 달라 해요. 아빠 오는 날이라며 예쁘게 보이고 싶다면서요. 착한 딸이지요? 아직도 저와 결혼하는 게 꿈이라고 말하는 아이예요. 조금 더 크면 그 말을 하지 않겠죠? 그럼 정말 서운할 거 같아요. 그때까지 매일매일 아빠와 결혼하고 싶다는 이야기를 듣고 싶어요. 제가 여기에서 나가면 함께 살 겁니다. 돈이라는 숫자의 경쟁 속에서 우리의 삶을 너무 잃어버리고 살았어요.

- 부럽군요. 제 딸아이는 중학생인데 단 한 번도 그런 적이 없어요. 사춘기라 그런지 저와는 대화도 잘 안 하거든요.

- 표현을 잘 안 하시죠? 아이에게 사랑한다는 말도 잘 안 하시고요.

- 원래 우리 아빠들이 그렇잖아요.

- 일상이라는 못난 놈이 선생님 가슴에 들어와서 그럴 거예요. 선생님 아이가 좋아하는 가수는 아세요? 좋아하는 물건이나 음식은?

- 하하. 글쎄요.

- 저는 다 알고 있어요. 주말마다 사가야 하거든요. 그래야 미안함이 조금 덜해지거든요. 뭘 좋아하는지 좋아하는 가수가 누구인지 알고 있어야 그래도 매일 함께 있어 주지 못하는 죄의식에서 벗어날 수 있거든요. 딸아이가 좋아하는 음악을 일주일 내내 외워요. 주말에 들어가서 함께 부르고 싶어서요.

- 저는 그런 노력을 지금까지 한 적이 없는 거 같군요. 바쁘다는 핑계로, 사건이 많다는 이유 같지 않은 이유들을 들어가면서

요. 제가 상담을 해드려야 하는 입장인데 오히려 상담을 받고 있네요. 하하!

 ― 오늘은 문자 하나 보내보세요. 아이에게 사랑한다는 문자 한 통 보내시고 제가 구출되면 그날 멋진 저녁을 함께 드셔보세요.

 ― 빨리 구출해야겠습니다. 그래야 저도 가족과 정수 씨와 같은 멋진 생활을 누려볼 수 있을 테니까요.

전문가가 수십 번도 넘게 문자를 지웠다 쓰기를 반복했다. 너무 늦은 시간이라는 핑계로 용기를 꺾으려 했지만 이정수가 이야기한 일상이라는 빌어먹을 놈에게는 지기 싫었다. 20분이 넘도록 그가 쓴 문장은 아주 짧았다. 잠시 망설이는가 싶더니 두 눈을 꾹 감고 전송 버튼을 눌렀다. 얼굴이 화끈거리며 달아올랐다.

 ― 아빠다. 늘 곁에 있어줘서 고맙구나. 아빠와 한지붕 아래 살고 있다는 것에 늘 감사하고 살아가겠다. 진심이다. 사. 랑. 한. 다.

전문가는 붉어진 얼굴로 전송이 완료된 메시지를 바라보며 중얼거렸다.

"처음 하는 도둑질이 어렵다더니 한 번 보내니까 자꾸 보내고 싶네. 언제쯤 답장이 올까? 기다려진다. 집에 가. 고. 싶. 다."

04

절망 속에 피어나는 꽃

이정수가 고립된 지 7일째. 이정수의 하루는 바빴다. 아침이 되면 기계음들이 알람시계를 대신해 주었다. 더위는 쉬지 않고 흘러들어 오는 물로 인하여 한풀 꺾였다. 그는 뒷좌석 오른쪽 창문을 열고 열심히 돌들을 치워내고 있었다. 덕분에 차문이 조금 열렸다. 그는 거기에서 쉬지 않고 자동차 후미등이 있는 곳까지 돌들을 열심히 치워냈다. 한 번은 우르르 하고 무너지는 돌로 인하여 가슴이 철렁 내려앉았지만 그의 의지를 꺾지는 못했다. 조금씩, 천천히 자신이 들 수 있는 돌들을 치워냈다. 운이 좋은지 조금 치워나가니 뒷바퀴 가 있는 공간은 텅텅 비어 있었다. 후미등까지 돌을 치우는데는 그리 오랜 시간이 걸리지 않았다. 하루 하고 반나절 만에 그는 자신만의 공간을 확보했다. 공간이 생기자마자 그는 재빨리 바지를 내렸다. 공간에 쭈그리고 앉아 시원한 볼일을 보기 시작했다. 며칠 안으로 나갈 수 있다는 희망으로 볼일을 참았던 그는 이제 자신만의 공간을 만들어야겠다는 생각을 하기 시작하는 시점까지 도달했다. 바지를 내리자마자 구수한 냄새가 사방으로 진동했다. 그는 그제야 아차! 휴지! 하며 차 안을 물끄러미 바라보았다. 그의 손에는 물병이 들려 있을 뿐 미처 화장지는 생각하지 못하고 있었다. 그는 소변을 받아냈다. 먹을거리가 없으니 오줌으로 빠져나오는 영양분을 다시 채워 넣을 요량이었다. 그는 화장지를 포기한 채 한동안 물끄러미 오줌이 든 생수통을 바라보았다. 먹어야 하는 걸까? 라는 생각이 그를 잠시 망설이게 했다. 그가 볼일을 마치고 다리를 벌린 채 게걸음으로 뒷좌석을 향해 이동했다. 화장지를 확 낚아챈 그가 깔끔하게 뒷정리를 시작했다. 어둠뿐인 공간이었지만 라이터도 있었고 후미등은 사고가 났다고는 볼 수 없을 만큼 멀쩡했다. 그가 라이트를 켜고 후미등 불빛에 의지한 채 바위로 지저분한 배설물을 깔끔하게 쌓아올렸다.

"헤헤, 됐다."

이정수는 쌓아올려진 작은 배설물 무덤을 바라보며 만족스러운 웃음을 보였다. 그는 트렁크 위에 올려놓은 소변이 담긴 생수통을 다시 집어 들었다.

"먹어야겠지. 살아남으려면."

이정수가 눈을 질끈 감았다. 소변 통을 부여잡고 숨을 멈춘 뒤 거침없이 입으로 벌컥벌컥 들이켰다. 안의 내용물이 모두 사라지자 그가 욱! 하고 메스꺼운 속을 진정시켰다. 뒤이어 늘어지는 한숨으로 찜찜한 속을 달래려 했다.

"살아야지. 꼭 살아야지."

이정수의 표정이 굳어졌다. 그가 7일 만에 늘어지는 기지개를 켜보였다. 뼈마디가 우두둑 소리를 내며 개운함의 소리를 내질렀다. 그가 트렁크에 기대어 밝아진 터널을 멍하니 바라봤다. 밖에서는 여전히 기계음들이 자신을 향해 다가오고 있다는 신호를 보내왔다. 어쩔 땐 가벼운 진동이 그에게 포기하지 말라 응원도 주었다. 하지만 라디오에서 들려오는 빌어먹을 아나운서의 목소리는 달랐다. 전문가와 통화를 하고 잠이 오지 않아 틀어본 라디오였다. 라디오는 잔잔한 음악을 들려주고 있었다. 아주 감미롭고 불면증에 걸린 누구라도 스르르 눈이 감길 것 같은 음악. 그는 낮은 음성의 DJ와 새벽녘의 조용한 음악에 조금씩 취해갔다. 라디오 DJ가 2부를 마친다며 잠시 후에 돌아오겠다는 말과 함께 사라졌다. 그는 이제 그만 잠을 자야겠다는 생각으로 시동을 끄려 했다. 그때 뉴스가 바로 이어졌다. 그는 내 이야기가 나올까? 라는 호기심으로 뉴스를 귀담아 듣고 있었다. 전문가는 분명 내가 유명인사가 됐다고 했는데, 라고 중얼거리며 자신의 뉴스가 나올지 안 나올지에 은근 기대를 하고 있었다. 중요한 정치 뉴스가 이어지고 사건사고 뉴스를 전할 때였다. 그는 자신이 갇혀 있는 터널의 이름이 나오자 나오는구나! 하며 왠지 모를 기쁨에 휩싸였다. 하지만 그도 잠시뿐이었다.

— 이씨의 구조는 아직까지도 상황이 좋지 않다고 전문가는 전하고 있습니다. 전문가와의 인터뷰 내용을 들어 보시겠습니다.

그의 표정은 조금 전과는 완벽하게 달라져 있었다. 뒤를 이어 자신과 매일 통화를 이어가는 전문가의 목소리가 들려왔다.

— 현재 구조자를 구조하기란 여간 어렵지 않습니다. 암석들도 그렇고 더위 때문에 구조작업이 너무 더디게 흘러가고 있어요. 며칠 사이 소나기가 퍼부으면서 구조대의 안전으로 작업도 지연됐습니다. 하지만 구조자가 희망을 놓지 않고 있으니 저희도 최선의 노력을 다하겠습니다.

그는 더 이상 라디오는 들을 수 없었다. 시동을 끄고 곧바로 전문가에게 전화를 걸었다. 전문가는 반갑게 그를 맞이했다. 그는 다짜고짜 물었다.

"뉴스를 들었습니다. 선생님 말씀대로 최선을 다하시겠습니까?"

전문가는 당황했다. 아무 말도 없는 전문가를 대신해 다시 이정수가 물었다.

"최선을 다해 주시겠습니까?"

"……"

"다른 대답 따위 필요 없습니다. 나는 어떻게 해서든 살아서 구조대를 기다릴 겁니다. 그러니 포기하지 않고 최선을 다해 주시겠습니까?"

이정수의 부연설명이 따라오자 전문가가 대답했다.

"네, 포기하지 않겠습니다. 반드시 가장 먼저 땅 밑으로 제가 얼굴을 보이겠습니다. 아주 맛있는 음식을 들고 말입니다."

"그 말 믿겠습니다. 저 분명히 살아있을 겁니다."

통화는 장시간 이어졌다. 전문가는 거짓말을 할 필요가 없어졌다. 거침없이 지금의 구조상황에 대해서 이야기했다. 이정수는 두 눈을 감고 현실을 인지하기 시작했다. 케이크를 잠시 바라보다 지그시 눈을 감았다. 살아야 한다! 라는 본능이 그를 덮쳐 왔다. 가장 중요한 음식에 대한 이야기로 대부분을 소비했다. 전문가의 이야기에는 희망이라고는 전혀 없어 보였다.

"음식 없이는 가능성이 없습니다. 소변으로 대신하는 기간도 보름을 넘기기 힘들지요. 지금 상황을 보면 한 달 이상은 시간이 소요될 것으로 보입니다. 핸드폰 배터리도 문제가 되고요. 바깥세상과 단절된다면 분명 패닉상태가 올 것입니다. 그 상태에서는 신체도 정신도 무기력해집니다."

이정수가 배터리를 확인했다. 한 칸이 남아 있었다. 그가 계속해서 떠들어대는 전문가의 말을 싹둑 잘라먹었다.

"선생님. 꼭 구하러 와주십시오. 앞으로 통화도 제가 정 힘들 때 하겠습니다. 그리고 아내에게는 제가 지금의 상태를 알고 있다는 말을 하지 말아 주세요. 전혀 모르는 걸로 하겠습니다. 부탁드립니다. 나는 꼭 살. 아. 나. 갈. 겁. 니. 다."

김미진의 일상은 오로지 이정수에게 맞춰져 있었다. 시간의 1분 1초를 이정수에게 쏟아 부어도 모자랄 판이었다. 그녀는 퇴원을 하자마자 터널로 달려갔다. 역시나 통제로 인하여 한참 동안 실랑이를 벌여야 했다. 그녀가 발걸음을 돌린 곳은 집이 아니었다. 걸음은 도로공사로 향했다. 도로공사 사무실이 어디에 있는지도 모르고 살아왔던 그녀였다. 누군가에게 도로공사의 위치를 물으면 대답해 줄 수 있는 사람이 과연 몇 명이나 있을까? 그녀는 택시를 타고 지역 도로공사 사무실로 향하자 했지만 택시기사도 모르는 곳이라 내비게이션이라는 과학의 도움을 받아야 했다. 도로공사 사무실은 한참을 내달려야 했다. 택시는 그녀가 살고 있는 도시를 벗어났다. 도로공사는 지역은 같았지만 한 번도 찾아본 적 없는 대도시에 위치하고 있었다. 큼직한 건물은 한국도로공사라는 팻말을 당당하게 들고 서 있었다. 그녀가 성큼성큼 건물의 큰 입속으로 들어갔다. 그녀는 여러 표지판이 담당부서를 알리고 있는 복도를 지나치며 잠시 두리번거렸다. 그녀의 시선이 한 곳에 오랫동안 머물렀다. 저 끝에 도로관리 담당이라는 낯설고도 생소한 푯말이 그녀에게 손짓했다. 그녀는 빠른 걸음으로 다가가 거침없이 철문을 열었다. 그녀를 관심 있게 바라보는 이는 없었다. 잠시 그녀가 들어오자 힐끗 쳐다보기만 할 뿐 서로가 그녀의 접대를 미루는지 각자의 일에 금세 빠져들었다. 그녀는 누군가를 찾아야만 했다. 주위를 두리번거리기를 여러 번, 이방인이라는 낙인이 찍힌 그녀에게 그 누구의 마중도 없었다. 그녀가 소리쳤다.

"어떻게! 도로를 어떻게 만들었기에 터널이 무너져요!"

처절한 비명과도 같은 그녀의 외침이 사람들을 집중시켰다. 모두의 시선이 김미진에게 향하자 두 눈에는 알 수 없는 눈물이 핑 돌았다.

"어떻게! 어떻게 만들었기에 터널이 무너져요! 왜 구조는 하지 않아요!"

큼직한 눈물방울은 김미진의 뺨을 빠르게 지나쳤다. 턱 선의 어느 끝자락에 도달할 때 즈음 그녀는 나이가 제일 많고 큰 책상에 앉아 있는 누군가를 향해 책임을 전가시키려 했다.

"며칠이 지났는데 아직까지도 그러고 있는 거예요! 왜 구해주지 않아요! 세금도 꼬박꼬박 내고! 교통세도 내고 다 하는데! 왜 구해주지 않아요! 터널을 어떻게 그 따위로 만들어요! 1년도 되지 않은 터널이 무너진다는 게 말이 된다고 생각해요!"

그녀가 주먹을 쥐었다. 사람들은 그녀의 말에 정신을 빼앗겼다. 그녀의 말에 모두가 유죄가 되는 기분을 지울 수 없었다. 하지만 그들도 스스로를 보호할 수 있는 권리를 가지고 있었다. 김미진이 억울함으로 그들에게 범죄를 뒤집어씌운다면 그들 또한 방어적 태세로 나오는 건 당연했다. 사무실 안 그들에게는 그녀의 행동에 대한 위로나 죄의식보다는 다른 생각이 머리를 가득 채웠다. 만약 지금 그녀의 행보가 언론에 노출된다면…… 이라는 보호본능적인 생각. 그들은 큰 틀의 공통된 생각 안에서 각자 세부적인 걱정들을 하고 있었다. 왜 하필 도로공사인가! 왜 하필 우리 부서인가!

왜 하필 한참 민감한 시기에 찾아온 것인가! 라는 생각들. 그들 중 이 사태를 막아야 돼. 언론이 오면 안 돼! 라는 앞선 다짐을 한 남자가 그녀 앞에 나섰다.

"이봐요. 우리가 공사했습니까? 지금 여기 와서 뭐하는 겁니까! 구조에 대한 부분은 구조대원들에게 따지시고 공사에 대한 부분은 시공한 회사에 가서 따지셔야죠!"

김미진이 남자를 매섭게 노려보았다. 남자는 그녀의 눈빛에 잠시 주춤거렸다. 한마디라도 더했다가는 그녀의 입이 자신의 얼굴 어느 살점을 물어뜯어 버릴 것 같았다. 다행스럽게도 그녀는 시선을 돌려 사람들이 서 있는 책상 앞으로 걸어갔다.

"당신들 업무에 열중이시네? 터널에 대한 서류들은 하나도 없네?"

처음에는 차분차분 말하던 김미진의 음성이 조금씩 높아졌다. 행동은 소리를 따라가고 있었다. 그녀가 여기저기 책상을 돌아다니며 집어든 서류를 찢어버리며 말했다.

"내 남편은 죽어 가는데! 내 남편은 황당한 사고 속에서 죽어가고 있는데! 국가가 잘못한 억울함으로 배고픔과 싸우며 죽어 가는데! 당신들은 뭐야! 내 남편에 대한 자료가 하나라도 있는 거야? 지금 뭐하는 거야! 당신들 뭐하고 있는 거냐고!"

김미진에게 고함을 지른 남자가 그녀의 팔을 거칠게 잡았다.

"그건 이 부서가 아닙니다. 다른 곳으로 가세요. 터널 공사를 할 때는 실험실에서 부실 공사인지 확인하게 되어 있습니다. 우리는 관리하는 부서고요. 그리고 그쪽 터널관리는 우리 담당이 아니라 지방사업소에서 하는 겁니다. 이곳이랑은 아무 상관없다니까요! 그만해요!"

남자의 말에 사무실 직원들이 한마디씩 거들었다. 어느 직원은 해당 부서의 연락처를 적어서 김미진에게 건넸다. 그녀가 펑펑 눈물을 쏟아내며 불특정 다수에게 외쳤다.

"지금 당신들이 발 벗고 나선다면! 사무실에서 다른 용무를 잠시 뒤로 미루고 현장에 가서 삽자루를 하나씩 들고 있다면! 이렇게 억울하지도 않아! 분노하지도 않고 미워하지도 않아! 지금 당신들 에어컨 바람 속에서 느긋하게 일하는 모습을 보니 분해 죽겠다고! 왜 나가지 않는 거야! 왜 도와주지 않는 거야! 당신들이 관리하는 사람들이잖아! 가장 위에 있는 사람들이잖아! 내 남편은 죽어 가는데! 배가 고파서 주린 배를 움켜쥐고 살려고 바동거리는데! 당신들은 뭐가 잘나서, 뭐가 그렇게 당당해서 앉아 있는 거냐고! 나가! 다 나가서 내 남편 구조하란 말이야!"

김미진이 발을 동동 구르며 분한 마음을 주체하지 못했다. 몇몇의 남자가 다가와 그녀를 제지했다. 어느 직원은 사무실을 나가버렸고 뒤따라 가장 높은 직위를 가진 중년의 남성이 급하게 자리를 피했다. 하나둘 직원들이 사무실을 빠져나가고 어느덧 그녀를 제지하는 몇몇의 건장한 남성들만이 남아 있었다.

"잘못이 없다면서! 왜 다들 나가! 오란 말이야! 돌아와서 무슨 이야기라도 해 보란 말이야!"

복도 끝까지 울릴 정도로 김미진이 발악하며 고함을 내질렀다. 분명 다른 부서에서도 들릴 만큼의 소리였다. 하지만 돌아오는 건 아무것도 없었다. 그 누구도 그녀를 위해 위로를 건네지도 핑계를 둘러대지도 않았다. 그저 그만하세요! 라는 훈계 비슷한 주위 남자들의 목소리뿐이었다. 그녀가 풀썩 주저앉으며 중얼거렸다.

"조금이라도 책망하고, 조금이라도 반성하고, 조금이라도 발 벗고 나서준다면……. 이렇게 억울하고 분하지는 않을 텐데……."

김미진은 하루 종일 발품을 팔았다. 경찰서를 찾아갔다. 그들은 조금 전 찾아갔던 도로공사보다는 친절하게 이야기했다. 죄송하지만 저희 담당이 아닙니다. 일단 지역 도로공사 사업소를 가보시고 그 다음에 시공을 한 회사에 대해 고소를 하시면 저희가 고소장은 접수해드릴 수 있습니다. 결국은 자신들은 담당이 아니라는 말이 결론이었다. 구조에 대한 호소를 해 보았지만 매번 담당이 아니라는 말만을 되풀이할 뿐이었다. 그래도 고맙고 황송하게도 안타깝지만, 이라는 단어를 샐러드 소스처럼 더해줬다.

소방서를 찾아갔지만 마찬가지였다. 담당이 아니라는…… 같은 반복뿐이었다. 그들이 그렇게 지겹게 말했던 사업소를 찾아갔다. 말이 좀 통하나 싶더니 마지막 보루였던 시공사를 찾아가보라는 말로 자신들의 과오를 씻으려 하고 있었다. 그녀는 앉지도 못한 채 마치 은행에 공과금을 내러 온 사람처럼 서 있었다. 남자 직원은 태연하게 앉아 자신의 일을 겸하면서 대화를 이어갔다.

높은 사람을 불러오라 하자 자리에 계시지 않습니다, 라며 형식적인 친절을 베풀었다.

"시공사 선정부터 여기에서 다 했다고 들었는데요. 관리도 하신다면서요."

"저희는 원칙을 따랐습니다. 지금 이렇게 찾아오시는 건 곤란합니다."

곤란? 곤란이라. 무엇이 그들을 곤란하게 하는 것일까? 곤란한 일이라는 것이 도대체 무엇일까? 언론의 집중 공격을 받는 일? 그래서 자신들이 잃을 직장? 사무실에 앉아 있는 그들은 왜 나가서 그들의 과오를 씻으려 하지 않았나? 조금이라도 이정수와 김미진을 달랠 길을 찾지 않았던 그들에게 곤란이라면 과연 어떤 곤란일까? 피해를 당한 이들에게 곤란한 일이라 말하는 자들. 마치 어떤 이가 폭행을 당해 유치장에 수감된 가해자의 가족을 찾아갔는데 문전박대하는 모습과 뭐가 다른 것일까? 그녀는 어이가 없어 머리를 잡고 비틀거렸다. 화낼 힘도 없었다. 여기까지 오는 데 목은 이미 다 쉬어 버렸고 소리를 지를 힘도 남아 있지 않았다. 그녀가 힘없이 말했다.

"그럼 어디 가서 이야기할까요? 말씀하신 시공사? 원칙을 다했다고요?"

"시공사에 가서 문의를 해 보시는 게 빠릅니다. 저희는 아무런 대답도 드릴 수 없어요. 원칙대로 시공이 되었다 나옵니다. 직접 저희가 관리 감독도 했고요. 전혀 문제가 없었습니다."

이건 또 무슨 말이란 말인가! 원칙대로 지은 터널이 무너져 내렸으니 자신들은 책임이 없다?

"지금 뭐하시는 겁니까! 원칙대로 지었다고요? 그런데 터널이 무너져 내려요? 무너져 내리는 터널이 원칙이라는 겁니까? 저 모습을 보고도? 시공사와 무슨 거래를 하신 건가요?"

김미진의 목소리는 힘없이 계속 새어나갔지만 눈빛만은 카랑카랑했다.

"말씀이 지나치십니다. 저희는 원칙을 따랐을 뿐이고 부당한 거래라는 말씀은 함부로 하지 마세요. 저희는 그런 적 없습니다."

사업소 직원이 오히려 김미진을 훈계하고 나섰다. 그녀는 아무 말도 하지 않았다. 오로지 두 눈을 똑바로 뜨고 자신에게 변명만을 늘어놓는 비겁한 한 남자의 눈만을 바라보았다. 처음에는 그녀에게 대항이라도 하듯 지지 않고 그녀의 눈을 바라보던 남자는 딴청을 피우며 서류 뭉치 쪽으로 시선을 옮겼다. 그녀의 눈은 누군가를 집어삼킬 것과 같이 매서웠지만 그 안의 눈물은 그러지 못했다. 눈물이 주르르 흘러내리며 시야를 흐리게 만들었다. 그녀가 흐느낌을 가득 담고 말했다.

"구해 주세요. 제발, 우리 그이 구해 주세요. 살아서 돌아오기만 한다면 이 원망 따위 저 멀리 던져버리겠습니다. 부탁입니다. 구. 해. 주. 세. 요."

김미진에게 잠 따위는 사치의 하나가 되어 버렸다. 하루 종일 돌아다닌 그녀는 뜬눈으로 밤을 지새우며 아침이 오길 바라고 바랐다. 해가 뜨자마자 그녀는 기다렸다는 듯이 집을 뛰쳐나왔다. 오전의 출근시간, 그녀는 헐렁한 추리닝을 걸친 채 다른 사람들과는 전혀 다른 모습으로 택시에 올랐다. 그녀는 기차역으로 가 주세요, 라고 말하려다 서울까지 얼마나 걸려요? 라고 택시기사에게 질문을 던졌다. 대략 3시간 정도 걸린다는 말에 그녀는 강남 삼성동이요, 라고 말하고는 두 손을 매만지며 눈을 감았다. 지치지도 않는지 눈은 쉴 새 없이 눈물을 만들어 냈다. 물을 마신 양보다 눈물의 양이 더 많았을 것이다. 출렁이는 바다가 그녀의 눈에 가득 담겨 있는 듯했다. 그녀가 지갑을 열었다. 지갑의 한편에 이정수의 사진이 들어 있다. 그는 웃고 있으며 그 옆에 함께하고 있는 그녀와 수진이도 웃고 있다. 지갑을 잃어버리더라도 이들 가족의 해맑은 모습에 감히 어느 누구도 지갑 속 내용물에 욕심을 내지 않고 돌려줄 것 같았다. 눈물이 활짝 웃고 있는 이정수의 얼굴에 떨어졌다. 한 방울 두 방울, 자신의 얼굴과 수진이의 얼굴에도 눈물이 떨어지기 시작했다. 그녀의 행동에 택시기사가 무슨 일 있으십니까? 라고 조심스럽게 물었다. 그녀가 고개를 절레절레 흔들었다.

"아니요. 우리 그이, 퇴근이 늦어져서요. 보고 싶어서예요. 너무 보고 싶어서."

으리으리한 건물들. 시멘트가 만들어 놓은 빌딩 숲 한가운데에 김미진이 서 있었다. 모두가 깔끔한 정장을 입고 바삐 거리를 걸어가고 있었다. 그녀에게 시선이 집중되는 건 당연했다. 슬리퍼에 얇은 바지, 늘어난 티셔츠 외에도 그녀의 통통 부은 눈은 마치 가정폭력을 당한 어느 주인공과도 같아 보였다. 그녀가 증오를 가득 안고 건물 안으로 진입을 시도했다. 입구를 지키고 서 있던 경비원이 그녀를 저지했다. 누구 찾아오셨습니까? 라고 친절하게 묻고 있었지만 그녀의 행색에 경비의 말투는 쌀쌀했다.

"여기 사장을 만나러 왔어요."

김미진은 당당하게 말했다. 여전히 눈물은 마르지 않는 맑은 샘을 간직하고 있었다. 경비원의 시선이 그녀의 아래위로 향했다.

"들어가실 수 없습니다. 그냥 가세요."

경비원의 말이 김미진에게 들릴 리가 없었다. 그녀는 현관 로비로 성큼성큼 발걸음을 옮겼다. 경비원이 그녀의 팔을 잡았다. 이번에는 목소리가 거칠었다. 예의는 한 번뿐이라는 무언의 경고와도 같았다.

"이봐! 안 된다잖아! 경찰서 가고 싶어?"

"경찰?"

김미진의 충혈된 눈이 살기를 띠며 경비원을 쳐다보았다.

"경찰 불러야 할 사람이 누굴 거 같아! 나야! 바로 나라고! 살인마 같은 당신 사장을 고소해야 하는 건 바로 나란 말이야!"

김미진의 목소리는 쩌렁쩌렁 울리며 로비 안까지 가득 메아리쳤다. 경비원이 주춤했다. 그녀를 잡고 있던 손에 힘이 풀려왔다.

그녀는 쉬지 않았다. 지금 토해내지 않으면 심장이 터져 죽을 것 같았다.

"사람을 하루하루 죽음으로 몰아가는 이 회사가! 한 가족의 사랑을 빼앗아가 버린 이 회사가! 웃음을 잔인하게 빼앗아가 버리고 눈물만을 누군가에게 안겨준 이 회사가! 뭐라고? 들어갈 수 없다고? 경찰 불러! 당장 부르라고! 내가 부를까?"

김미진이 휴대폰을 들어 112를 눌렀다. 많은 사람들이 현관을 지나쳐 갔다. 그녀의 복장과 행동은 사람들의 걸음을 멈추게 하기 충분했다. 어느새 사람들이 그녀를 에워쌌다. 아무개는 휴대전화를 들어 올려 카메라를 그녀에게 고정시켰다. 경비원은 당황하며 경비실로 들어가 인터폰으로 도움을 요청했다. 많은 사람들 앞에서 그녀가 소리쳤다.

"이게 말이 됩니까! 내 남편이 죽어 가는데! 직접 찾아오지는 못할망정 여기까지 올라와 이런 대접을 받는 나입니다! 내 남편은 터널 안에서 나와 딸아이를 생각하며 하루하루를 죽음과 싸워 가는데! 배고픔을 참아가며 1분 1초를 치열한 사투로 연명하는데! 이 사람들 뭐가 잘났다고 나에게 소리치고 화를 내는지요! 여기까지 오는데 얼마나 힘들었는지 아십니까! 서로 잘못이 없다 말하고 다른 곳으로 가보라며 문전박대 당하고! 자신들은 원칙에 따라서 터널의 안전성을 입증했다 말합니다! 그럼 터널은 왜 무너졌습니까! 1년도 안 된 터널입니다! 그 터널이 무너진 책임은 과연 누구의 탓이란 말입니까! 차를 몰고 가다가 사고가 난 내 남편의 잘못입니까! 아니면 그 남편이 살아 돌아오길 바라는 내 탓입니까! 지금 이 사람들 태도를 보면 충분히 그렇게 뒤집어씌우고도 남을 사람들입니다. 어떤 이유를 들어서라도 잘못을 피하고 구조에 대한 생각보다는 자신들이 살길을 찾을 사람들입니다. 저는 터널 시공을 한 이 회사 사람들이 현장에 있는 모습을 본 적이 없습니다. 여러분. 나는 내 가정을 지키고 싶었을 뿐입니다. 내가 사랑하는 한 남자를 지키고 싶었고 그 남자가 살아 돌아오길 바라는 마음뿐입니다. 내가 이 입구에서 그렇게 욕을 먹을 정도로 잘못한 겁니까! 내 남편을 죽음의 사지로 몰아넣은 이곳에 찾아와 화를 내는 것이 그렇게 잘못된 일입니까!"

소나기가 쏟아졌다. 그녀는 아랑곳하지 않았다. 몇몇 사람은 비를 피해 안으로 들어갔지만 대부분이 그녀를 여전히 감싸고 있었다. 맹렬한 소나기의 빗줄기도 사람들을 해산시키지 못했다. 오히려 그녀를 바라보는 많은 이들의 가슴을 뛰게 만들었다. 그녀가 입술을 살며시 깨물었다. 바들바들 떨려오는 흥분을 감추려 주먹을 불끈 쥐어 보였다. 사람들은 아무 말도 하지 않았다. 공유의 가슴이 형성되었다. 어느 아가씨가 그녀에게 다가왔다. 자신의 손에 들려 있던 우산을 펼쳐 그녀가 모진 비에 상처받지 않게 도와주었다. 그녀가 추위에 떨까 그녀를 꼭 안아주었다. 어느 남자가 다가왔다. 더위로 인하여 벗어놓은 외투를 그녀의 어깨에 조심스럽게 올려놓았다. 성스러운 어느 행사와 같이 동정을 가득담은 손짓은 아름다웠다. 어느 아이의 엄마가 다가왔다. 그녀가 불끈 주먹을 쥐고 있는 손을 들어 올려 자신의 가슴으로 가져갔다. 그녀의 눈물을 닦아주며 가방에서 손수건을 찾아 비에 젖은 그녀의 머리카락을 말려주려 했다. 조금씩 많은 사람들이 그녀에게 다가왔다. 모두가 그녀를 위로하고 싶은 마음이었다. 경비원의 호출을 받은 사람들이 달려나왔지만 손을 쓸 수 없을 만큼 많은 이들이 그녀의 보호자를 자청하고 있었다. 비는 계속되었다. 어느새 쏟아지는 빗줄기도 그녀의 손을 들어주었다. 우렁차게 내리며 그녀의 절규를 대변해 주었다. 그녀가 모여 있는 사람들을 바라보며 아이와 같은 투정으로 말했다.

"우리 그이 앞에서 이런 모습을 보이고 싶지 않아요. 예쁜 모습을 보여주고 싶어요. 우리는 주말부부거든요. 아직도 우리 그이 앞에서 화장실을 가본 적이 없어요. 아직도 설레고 그이의 팔 베개가 불편해요. 그런데 말이죠. 세상 어떤 아내가 남편이 죽음과 친구가 되어 있는데 예쁜 모습으로 살아갈 수 있을까요? 나 예뻐지고 싶어요. 그래서예요. 그이가 살아 돌아와야 하는 이유는."

전문가의 입이 바짝 타들어갔다. 뉴스에 김미진의 이야기가 나오고 있었다. 그녀가 시공사 앞에서 행한 일을 누군가가 인터넷에 동영상으로 제작해 올려놓았다. 순식간에 동영상은 모든 포털의 메인에 자리 잡았다. 각종 사이트 일일 검색어 1위는 물론이고 모든 방송에서 그녀를 주목했다. 전문가는 그녀의 모습을 한동안 말없이 바라보며 넥타이를 단정하게 하고 풀어진 셔츠의 단추들을 하나씩 잠가 나갔다. 그가 거울에 비친 자신의 상태를 확인하고 있을 때 구조 상황실로 누군가가 들어왔다.

"선생님. 부장님께서 찾으십니다."

전문가는 이 상황을 예측하고 있었던 것이다. 그가 담담한 표정으로 아무개와 함께 바로 건너편에 임시로 마련된 사무실로 발걸음을 옮겼다. 문을 열고 들어가는 순간 뚱뚱하고 나이 지긋한 대머리 중년남성이 그를 향해 소리쳤다.

"자네가 하는 일이 뭐야! 언론에서 저렇게 떠들어대면 우리 체면이 뭐가 되냐고! 우리가 할 일도 제대로 하지 않는 사람처럼 보이잖아! 구조 이외에도 자네는 언론통제와 피해자 가족들을 감시할 의무가 있다는 걸 잊은 거야?"

전문가는 아무 말도 없이 그저 듣고만 있었다. 잘못을 인정하고 있지 않았다. 고개를 숙이지도 부장의 눈을 피하지도 않았다. 오히려 당당히 부장을 바라보며 서 있었다.

"자네 똑바로 해! 지금 언론에서 저렇게 떠들어대면 꼴이 뭐가 돼? 지금 높은 곳에 있는 사람들이 시공사에서 받아 쳐먹은 돈이 얼마인 줄 알아? 나도 죽겠어. 나도 여기저기 높은 나리들 전화 받느라 죽을 지경이라고."

부장은 높은 소리를 내다 않는 소리를 해댔다. 전문가가 입을 열었다.

"막는다고 막아집니까? 한 가정이 파괴되었습니다. 부장님도 아이가 있으시지요? 대학생이라고 하셨지요? 아들이라고 하셨지요? 아! 회식 때 이야기하신 건 기억나십니까? 큰 딸아이가 벌써 다 커서 혼담이야기가 나왔다고 했지요? 기쁘기도 서운하기도 하셨다고요."

"무슨 말 하려는 거야?"

부장은 전문가의 입이 두려웠다. 부장이 다시 소리를 지르려는 순간 그의 말이 입을 가로 막았다.

"저는 딸아이가 중학생입니다. 사춘기지요. 부장님 자녀들은 사춘기가 벌써 지났군요. 부럽기도 위안이 되기도 합니다. 사춘기의 방황을 지나쳤다는 것과 이제 아이들과의 시간이 얼마 남지 않았다는 것에. 부장님. 지금 김미진 씨는 많은 걸 바라지 않습니다. 이정수 씨도 많은 걸 바라지 않습니다. 그저 내 딸아이처럼 사춘기가 올 때까지만, 부장님의 자녀들처럼 대학에 갈 때까지만, 결혼을 할 때까지만 살고 싶은 겁니다. 부장님. 우리가 지금 이 상황을 꼭 덮어야 합니까? 철저하게 언론을 통제하고 시공사의 손을 들어줘야 하는 겁니까? 높으신 어른들도 한 가정의 가장이자 아빠이지 않습니까. 꼭 그. 래. 야. 만. 합. 니. 까?"

부장은 아무 말도 없었다. 부장은 자신의 책상에 놓인 가족사진을 바라보았다. 다 커버린 자식들을 바라보는 부장의 입 꼬리는 자신도 모르게 살짝 올라가고 있었다. 서운함과 뿌듯함이 동시에 밀려들어오는 웃음이었다. 전문가가 애원하듯 말했다.

"부장님. 살려야 합니다. 그리고 알려야 합니다. 아이가 대학에 들어가는 모습을 볼 수 있도록. 결혼하는 아이의 손을 잡고 식장에 입장할 수 있도록 우리가 함께해야 합니다. 우리는 아빠잖아요. 같은 수식어를 사용하는 아빠잖아요."

— 자기, 하루 종일 전화 기다렸어. 배터리 얼마나 남았어?

— 아직 한 칸 남았어. 오늘 뭐했어?

— 그냥. 집에서 수진이랑 놀고 있었지.

— 수진이는 자?

— 이 시간에 전화해 놓고는 일어나 있기를 바라는 거야?

— 그런가? 자기야, 기억은 머릿속에서 다시 한 번 옛 과거를 살아보는 거래. 어느 라디오에서 이야기해 주더라. 시집을 읽어주는데 이 문구가 와 닿았어. 그래서 오늘 하루 종일 머릿속에서 예전 시간을 다시 살아봤어. 자기와 내가 우리라는 이름으로 살아온 그 시절을.

— 머릿속에서 다시 한 번 살아보는 게 기억이라. 좋다.

— 곧 나갈 수 있어. 기계음이 조금씩 커지고 있어. 그땐 이런 과거가 아닌 현재를 마음껏 살아가자. 힘들어도, 아파도, 괴로워도, 서로가 있음에 감사하자.

— 나 말이지. 아무것도 바라지 않아. 우리가 가족사진을 해마다 찍는 거 이외에는. 일 년 일 년 수진이가 성장하는 모습과 우리가 늙어가는 모습을 담아내는 일. 그것만 바랄게.

— 사랑해.

— 나도 사랑해. 그러니까 꼭 살. 아. 야. 돼.

– 이정수 씨, 먹는 문제는 조금 해결이 됐습니다.

– 어떻게요?

– 저희가 물에 기초대사에 필요한 영양제를 녹여서 투입할 겁니다.

– 돈이 엄청 들어가겠네요. 저 때문에.

– 이미 여론은 이정수 씨 때문에 더 난리가 났어요. 살아서 나오셔야 합니다. 그렇지 않으면 제가 욕먹어요. 걱정 마세요. 여기저기에서 엄청난 후원이 들어오고 있습니다.

– 살 수 있겠죠?

– 장담합니다. 걱정 마세요. 살 수 있습니다. 허기는 채우지 못하더라도 죽을 일은 없어요. 힘내세요.

– 아내가 보고 싶습니다. 수진이가 보고 싶습니다. 너무 어두워서 사진이 잘 보이지 않아요. 가족에게 미안합니다. 퇴근이 늦어지니 미안해 죽. 겠. 습. 니. 다.

05

가슴이 만나는 순간

이정수의 고립 12일째.

물은 충분했고 허기가 찾아오긴 했지만 아직까지는 연명할 수 있었다. 배설물을 쌓아놓은 작은 무덤들은 조금씩 작은 산을 이루었다. 휴대폰 배터리는 거의 소진되었다. 배가 고프다며 울어대는 휴대폰 소리가 듣기 싫었다. 마지막 한 통화. 몇 분이나 통화할 수 있을까? 라는 간절함이 그에게서 한동안 전화를 켜지 못하게 만들었다. 당장 급한 일이 아니라면 최대한 배터리를 아껴야 했다. 대부분의 시간을 인형과 놀았다. 라디오를 듣는 일이 두려워 쉽사리 주파수를 잡을 수 없었다. 어둠에서 버텨내는 일은 이제 조금씩 적응이 되어 가고 있었다. 뒷좌석의 넉넉한 자리가 그의 침대가 되어 주었다. 천만다행인 것은 터널이 더 이상 무너지지 않을 거라는 확신이 자리 잡고 있었다. 심리적인 요소들이 안정을 되찾자 버텨내는 일이 그리 어렵지 않았다. 살 수 있을 거라는 희망이 현실로 바뀌고 있었다. 가장 중요한 문제는 아내가 보고 싶다는 것, 수진이가 보고 싶다는 사실이었다. 불안과 싸워 줄 대화상대가 중요하지 않은 시간까지 흘러오고 나니 보고픔이라는 배고픔보다 더한 가슴속 허기가 찾아오고 있었다. 그는 오늘 하루를 어떻게 보낼지 고민했다. 기계음들은 익숙해졌고 진동은 반가운 누군가의 인사라 생각하는 하루하루. 그는 꽤나 긍정적이고 강인한 정신력을 소유한 인물이었다.

이정수에게 습관이 하나 생겼다. 핸드폰을 만지작거리는 일이었다. 배터리를 꺼놓은 상태로 김미진의 휴대폰 번호나 집 전화번호를 눌러보았다. 그는 배터리가 없음을 알리는 핸드폰의 신호에 고속도로 휴게소에 가면 매일 볼 수 있었던 5천 원짜리 충전기를 왜 사지 않았는지 막심한 후회를 했다. 만약 충전기를 샀더라면 하루 24시간을 통화하며 이 순간을 버텨낼 수 있었을 텐데, 라는 진하디 진한 아쉬움이 해일처럼 밀려들어 왔다. 여기에서 나가면 꼭 충전기부터 사야겠다, 라고 다짐했다. 그는 하루하루 이렇게 다짐한 일들을 작은 메모지에 기록했다. 가장 첫 번째는 샤워, 아내와의 외식, 수진이 생일파티였다. 그 뒤의 내용들은 터널 안에 갇혀 있으면서 필요한 물품들에 대한 구입목록이었다. 핸드폰 충전기, 비상용 손전등, 비상용 라면, 스마트폰 구입하기였다. 이어지는 다짐은 자신이 꼭 해야 할 일들이었다. 사랑한다는 말, 일주일에 한 번의 외식, 아내와 함께 드라마 시청해 주기, 수진이와 하루 2시간 놀아주기, 주말 아침은 내가 차리기, 설거지와 화장실 청소는 내 담당이라는 의무감을 갖기, 옛 연애시절 이야기 많이 하기, 2주에 한 번 아내와의 술 한 잔 하기. 등이 상세하게 적혀 있었다. 시간이 많다 보니 시인이나 철학자가 되어가는 기분이었다. 그는 다짐들을 적으며 생각했다. 왜 나는 늦은 시간까지 친구들과 술을 먹고 들어가서는 아내에게는 술 냄새를 풍기며 주정을 했을까? 친구와 즐거운 술자리라면 아내와도 즐거운 술자리를 마련할 수 있었을 텐데. 왜 나는 누군가와의 2시간은 당연하다 생각했으면서 수진이와의 2시간은 힘겨운 일이라 생각했을까? 사랑하는 사람과 만든 최고의 걸작이 바로 수진이인데. 왜 나는 아내와의 소중한 추억들을 유기하고 살았던 것이지? 그 시절이 있기에 지금의 나와 아내가 수진이와 살아갈 수 있었는데. 왜 집안일은 아내의 전유물이라 생각했을까? 꼴에 돈 벌어 온다고? 아내의 외로움은? 내가 가고 나면 남겨지는 수진이와 아내. 적어도 나는 도피라도 할 수 있었지만 아내는 도피할 곳도 없는 낭떠러지였을 텐데. 도대체 왜 나는 시사와 뉴스에만 관심을 가졌을까? 아내와 할 수 있는 그 무엇도 찾아보려 하지 않았어. 내 중심적인 이기주의자였던 거야.

널널한 시간은 반성의 시간을 가져다주었다. 지금 이 공간은 반성과 자숙을 할 수 있는 용서의 자리라 최면을 걸기도 했다. 독백은 이정수에게 소중한 시간이 되었다. 시간이 이어질수록 전화로 용서를 구하고 싶은 마음이 굴뚝같았지만 참아야 했다. 통화를 하기 시작하면 할 말이 많아질 것이 뻔했다. 그럼 마지막 보루도 사라지는 셈이고 분명 절망이 찾아올 거라는 생각이 그의 머리를 가득 채웠다. 밖에 나가서 이야기하자! 모든 용서를 빌고 새로운 가족이 되는 거야, 라는 다짐으로 그는 희망의 끈을 열심히 부여잡았다.

하루의 시간은 길었다. 아무리 반성의 시간으로 보낸다 하지만 시간은 더디기만 했다. 새로운 재미를 찾던 이정수는 기막힌 놀잇감을 찾아냈다. 그동안 조금씩 치워 놓은 돌들로 인하여 공간은 꽤나 넓어져 있었다. 차량 보닛 쪽은 큰 돌덩이들이 많아 엄두를 내지 못했지만 후미등 부근은 자신이 치울 수 있는 돌들이 꽤나 많이 널려 있었다. 돌들을 보닛 쪽으로 옮겨 놓고 만들어낸 공간은 그에게 가장 큰 낙을 가져다 주는 공간이었다. 널린 게 돌인지라 그는 비석치기를 하기도 했고 철근으로 그림을 그리기도 했다. 그러던 중 찾아낸 재미는 바로 탑을 쌓는 일이었다. 언젠가 수진이가 태어나기 전 마이산이라는 돌산을 찾아간 적이 있었다. 그 돌산은 신비로움으로 가득한 곳이었다. 나무가 우거진 산이 아닌 큰 돌덩이가 우뚝 서 있는 산이었는데 산을 올라가다 보면 작은 절이 나온다. 그 절에는 작은 돌들로 이루어진 큰 탑이 수십 개나 자리 잡고 있었다. 탑은 웅장하다 못해 경이로웠다. 본드나 시멘트를 발라 놓은 것도 아닌데 작은 돌을 쌓아 올린 탑은 태풍이 불거나 눈이 오고 비가 와도 절대 무너지지 않았다. 탑을 쌓은 도인은 돌에도 암수가 있어 암돌과 숫돌을 겹치게 쌓으면 서로를 부여잡아 절대 쓰러지지 않는다, 라고 이야기했다고 한다. 도인의 눈에는 암돌과 숫돌이 보인다 했다. 그 도인은 축지법을 써서 돌을 수십 리에서 공수해 왔다고 한다. 그는 김미진과 감탄을 내질렀고 세계에서 몇 안 되는 진풍경이라 침이 마르도록 칭찬했었다. 그는 외로움에 홀로 탑을 쌓았던 도인과 동병상련의 동질감을 찾으려 했다. 구조가 되면 무너질 탑이었지만 산행을 하다 보면 탑을 바위 위에 쌓아놓고 기도를 올리는 광경을 자주 봐 왔었다. 그럼 소원이 이루어진다는 속설도 근근이 들어왔던 터라 그는 이곳에서의 취미로 탑을 쌓는 일을 하기로 결론을 내렸다. 뒷좌석 후미등을 밝게 하기 위해 큼직한 돌을 브레이크 페달에 얹어 놓고 그는 열심히 탑을 쌓기 시작했다. 탑은 이제 겨우 무릎을 넘겼다. 널린 게 돌덩이이니 도인과 같이 발품을 팔 필요는 없었다. 무너지지 않게 조심조심 탑을 쌓아 올라가다 보면 기계음들이 어느 순간 멈추는 시간이 된다. 점심시간을 알리는 것이다. 그도 역시 영양제가 든 물을 들이켜며 조촐한 점심을 먹는다. 잠시 낮잠을 청한 뒤 기계음이 이어지는 어느 시간에 눈을 비비고 일어나 다시 탑을 쌓아 올라간다. 처음에는 큰 돌들로 쌓아 올렸지만 위로 올라갈수록 작은 돌들을 모아야만 했다. 평평한 돌을 찾는 일도 쏠쏠한 재미였다. 또 다시 기계들이 동작을 멈추는 시간이 찾아온다. 다음 날까지 기계들이 잠을 청하는 밤이 찾아옴을 알리는 것이다. 그럼 고요함만이 그와 함께 동행하게 된다. 그는 기계가 멈추면 탑을 쌓아올리는 일을 중단하고 앞에 서서 두 번의 절과 함께 소원을 빈다. 소원은 항상 똑같다. 이곳에서 하루라도 빨리 나가게 해달라는. 그는 하나님을 찾지도, 부처님을 찾지도 않았다. 혹시나 하나님을 찾으면 부처님이 진노하고, 부처님을 찾으면 하나님이 진노해 이곳에서 나가지 못하게 할까 봐 그저 신이시여, 라고 넓은 폭으로 기도를 올렸다. 기도는 한참 동안 이어졌다. 매일 반복하는 기도지만 그에게는 이 시간이 제일 소중했다. 한 시간이고 두 시간이고 자리에서 일어날 줄 몰랐다. 어느 누구보다 치성을 드렸다. 성스러운 시간, 가장 애절한 시간이기도 했다.

이정수에게 저녁 잠자리는 빨리 찾아왔다. 잠에 빠져들지 않으면 배는 꼬르륵 소리로 그를 괴롭혔다. 아침에 일어나면 식탐은 한 풀 꺾여 배고픔을 그리 느끼지 못했다. 점심시간은 무언가를 집중하는 데 열중하니 버틸만 했다. 하지만 저녁만큼은 고역스러웠다. 자리에 눕기 전 그는 생수를 계속 받아마셨다. 결코 해결되지 않는 허기를 달래기 위한 마지막 수단이었다. 잠자리에 눕는 시간은 초저녁이었지만 뒤척이며 굶주림과의 기나긴 여정을 마치고 나면 언제나 새벽에서야 잠에 빠져들었다. 잠이 오지 않을 때는 라디오를 유일한 낙으로 삼았다. 터널이라는 공간에 막혀 스피커는 제대로 된 소리를 잡지 못할 때도 있었다. 그는 라디오가 잘 나오는 방법도 터득했다. 사람이 몸을 움직이면 주파수가 잘 잡히는 때가 있었다. 조수석 맨 구석에 몸을 최대한 쭈그리면 라디오는 어느 정도 목소리를 인식할 수 있는 소리를 내었다. 포인트를 찾고 나니 왠지 모르게 새로운 세계를 발견한 누군가와 같은 뿌듯함이 생겨났다.

조금씩 적응하고 있다. 터널의 어두운 공간에서 그는 살길을 모색하고 그만의 시간을 보낼 많은 것들을 찾아내고 있었다. 그래도 채워지지 않는 것이 있다. 바로 그리움이다. 그가 무엇을 하든 그리움은 사그라지지 않았다. 그의 모든 행위는 그리움의 또 다른 이름으로 진행되고 있었다. 탑을 쌓는 일이나, 반성의 시간을 갖는 일이나, 하고 싶은 일들을 적어 내려가는 행위 모두가 그리움을 동반하는 일들이었다.

오늘도 쉽게 잠은 찾아들지 않는다. 그가 멍하니 천정을 바라보았다. 라디오를 들어 보려다 그만두었다. 30분 정도 라디오를 듣고 있으면 매연이 좁은 공간을 가득 메워 머리가 지끈거리기 때문이다. 그가 중얼거렸다.

"12일이 지났어. 지금까지 이곳에 있었던 날보다 나갈 날이 더 짧을 거야. 나갈 수 있어. 다시 돌아갈 수 있다."

김미진은 여론의 중심에 서 있었다. 시공사를 찾아간 이후 많은 변화가 그녀에게 찾아왔다. 여론의 폭격탄은 그녀에게 정확히 떨어졌다. 그녀의 행보를 주시하는 기자들로 집 근처는 인산인해를 이루었다. 그녀의 한 걸음이 시청률과 직결되었다. 시공사 측의 불성실한 태도에 여론은 분노를 금치 못했고, 서로 책임을 떠넘기는 도로공사와 사업소에 대한 철저한 진상조사를 촉구하는 서명

운동이 전 국민을 상대로 진행되었다. 민간단체들은 아낌 없는 후원을 약속했다. 철저하게 사건을 숨기려했던 사람들은 언론의 직격탄을 맞았다. 처음 어느 포털에서 의문을 제기하고 나섰다. 자신을 평범한 건축기사라 소개한 네티즌은 터널의 무너진 경로에 많은 의구심이 있다 말했다. 6개월 정도 된 터널이 무너졌는데 어떻게 부실 공사의 책임이 없느냐며 떠들어댔다. 적절한 실험과 원칙을 지켰다 우기던 사업소는 난처한 입장을 보였다. 시공사 측에서 제시한 설계도면과 공구리, 철근의 양도 사실과 다를 것이라 이야기한 네티즌의 주장에 실제 그곳 터널 시공에 참여했던 하청업체의 사장이 양심선언을 하기에 이르렀다. 하청업체 사장은 기자회견을 열었다. 터널이 무너진 이후 불면증과 죄책감에 시달렸다는 그는 정신과를 다니며 괴로운 하루하루를 보내고 있다 했다. 핼쑥한 얼굴은 그의 양심을 대변하고 있었다. 그는 기자회견장에 들어서자마자 말했다.

"잠을 제대로 자고 싶었습니다. 저는 모든 사실을 밝히고 이씨의 가족들에게 용서를 구하고 싶습니다. 나도 아빠입니다. 17살이 된 아들과 13살이 된 딸아이를 기르는 가장입니다. 제 양심이 저에게 호소했습니다. 사실을 밝혀 지금의 모든 일들을 정리하라고. 10일이 지난 지금 너무 늦은 고백에 죄송할 따름입니다."

하청업체의 사장은 두툼한 서류뭉치를 기자들 앞에 공개했다.

"이 서류가 터널에 쓰인 철근과 시멘트의 양입니다. 저희는 시공업체로부터 하청을 받아 공사를 직접 맡아서 해 왔습니다. 설계 당시와는 전혀 다른 시멘트와 철근이 들어갔습니다. 제가 이의를 제기하자 시공업체 팀장은 정부에서 주는 공사대금으로는 절대 설계도면대로 만들 수 없다며 하소연했습니다. 접대비와 로비로 들어간 돈도 회수하기 어렵다며 지시한 대로 시공할 것을 강요했습니다."

하청업체 사장의 말은 아주 큰 파장을 불러왔다. 그동안 시공업체는 잘못이 없다며 오히려 언론을 이용해 자신들의 입장을 고수해 왔다. 설계도면을 보여주고 사업소에서 실험한 내용들을 보여주며 설계대로 공사는 이루어졌다는 말만을 되풀이해 왔다. 전문가들도 이런 경우 부실 공사라고 보기 힘들다는 결론을 내리고 있었다. 책임 없는 살인. 이태원 살인사건과 같은 일이 벌어지려하고 있었다. 하청업체 사장의 폭로전은 계속되었다.

"저에게 수많은 전화가 걸려왔습니다. 도로공사, 사업소 소장, 국회의원, 시공사, 정부 관계자들. 모두가 입을 닫으라 했습니다. 수백억 원이 오가는 공사였습니다. 그중 단 70%만이 공사에 쓰이고 나머지는 모두 공중에 떠버린 돈이 되어 버렸지요. 여러분, 제가 말하는 70%는 순수 공사대금이 아닌 인부들의 일당과 저희 회사의 이익, 시공사의 이익이 모두 포함된 돈입니다. 그럼 나머지 30%는 과연 어디로 사라진 것일까요?"

인터뷰 내용은 일파만파 퍼져나갔다. 검찰은 특수팀을 만들었고 도로공사의 수장은 사퇴했다. 대통령조차 이번 사태에 대한 철저한 조사를 언질했다. 비난의 화살은 사업소부터 시공사, 도로공사까지 퍼져나갔다. 김미진에게 사건과는 전혀 무관하다는 입장을 보인 경찰까지 개입하게 되었다. 관련 없다 이야기한 모든 기관이 연루된 모습에 김미진은 어이없는 웃음을 보일 수밖에 없었다. 그녀는 자신과 이정수가 함께 운영해 온 블로그에 하나의 글을 남겼다.

— 상관없다 방관하고, 상관없다 책임을 떠넘기던 그들은 한패였던 것일까? 내 남편의 처절한 사투에 그들은 모두 유죄다. 그런 그들이 사무실에 앉아 노닥거리는 모습을 떠올리면 나는 수십 번도 넘는 발작을 일으킨다. 잠을 잘 수도 없다. 분한 이 마음은 영원히 내 가슴에 남아 분노를 터트릴 것이다. 그들 모두가 살인마다.

김미진이 글을 올린 지 5분 만에 각종 신문사는 블로그의 글을 기사화하여 인터넷과 여러 매체들에 뿌려댔다.
사람들은 권력이 무너지는 통쾌함을 좋아한다. 김미진은 사람들이 원하는 정의를 추구하는 어느 영화의 주인공이 되어 있었다. 사람들의 관심은 점점 높아졌다. 치솟은 여론에 관계자들의 수사도 신속하게 이루어졌다. 터널 사건이 뉴스의 첫 대미를 장식하는 사건으로 급부상하자 방송국에서는 그녀에 대한 모든 일을 낱낱이 파헤치기 시작했다. 이정수와 김미진의 아름다운 러브스토리를 특집 방송으로 내보내는 곳까지 생겨났다. 누가 허락을 했는가! 그들은 시청률이란 숫자에 목을 매고 달려들었다. 마치 굶주린 사자 무리가 죽어가는 물소를 발견하고는 몰려드는 모습과 같았다.

김미진의 지인이라 칭하는 여러 사람들이 언론을 통해 얼굴을 비췄다. 정작 사건의 당사자들은 숨죽이고 있는데 나서는 이들은 전혀 상관없는 아무개들뿐이었다. 그래도 좋았다. 그녀는 지금 자신을 옹호하는 무리들에게 의지하고 있었고 위안받고 있었다. 그들이 이용을 하든 사생활을 파헤치든 그녀에게는 별 상관이 없었다. 오로지 이정수가 살아오기만을 바라는 마음뿐이었다. 알몸이 되어 버리는 수치심을 느끼면서도 버틸 수 있었다. 돈이라는 자본에 창녀가 되어 버리는 더러운 기분 속에서도 그녀는 견딜 수 있었다. 그가 살아 돌아 올 수 있다면, 살아 돌아와 자신과 함께할 수 있다면 이 정도쯤은 그저 해프닝으로 받아들일 수 있을 것 같았다.

이정수와 김미진의 특집방송에 참여한 사람들에게는 출연료가 지급되었다는 기사가 터져나왔다. 비난의 화살은 끊임없이 계속되었다. 조금씩 확산되는 비난의 난무는 더 많은 희생양을 요구하고 있었다. 여론은 피에 굶주린 검투장의 관객들이 환호하는 모습과 같았다.

전문가. 그는 전문가다. 구조대상에게 희망을 심어 주고 구조가 될 때까지 심리적 상태를 안정시켜 준다. 또한 구조에 필요한 지원과 책임을 동반하고 있다. 아침부터 저녁까지 하루 종일 빠른 구조를 위해 힘을 써야 하는 직업인 것이다. 하지만 최근 불려 다니는 곳이 많아졌다. 자신의 상사가 아닌 사람들에게 보고를 해야 했다. 아침에는 구조현장이 아닌 곳으로 출근을 해야 했다. 그는 책임을 추궁당한다. 어이없게도 구조실패가 아닌 언론을 막지 못했다는 자신의 일과는 전혀 다른 문제 때문이었다. 그는 전문직 종사자이다. 병원에서는 환자를 치료해야 하듯 그도 구조자를 구조하는 일에 전념해야 한다. 그의 전공도 심리학과 건축, 구조에 관한 학문들뿐이다. 그는 열정으로 가득했었다. 누군가가 자신의 손길을 기다리고 있고 자신으로 인하여 살아남는다는 것에 대한 자부심은 어느 누구보다도 대단했다. 그런데 시간이 지나면서 구조보다는 언론 통제라는 역할에 중심이 더해졌다. 어느 순간부터였을까? 삼풍백화점이 무너졌을 당시 그는 막내였다. 갓 대학을 졸업하고 들어온 그는 수백 명의 사람들을 살리기 위하여 현장에 충실했다. 그 뒤, 해외파견도 나갔고 그를 부르는 곳이 많아지기까지 10년이 걸렸다. 그는 지치지 않았다. 오히려 더 큰 열정으로 사람들의 생명을 구조해 나갔다. 절망에 사로잡힌 이들과 눈물과 웃음을 공유했다. 불안감에 휩싸인 가족들을 끝까지 일으켜 세워주기도 했다. 그런 그에게 혼란이 찾아왔다. 구조가 목적이 아닌 언론의 통제와 여론의 비난을 막아야 하는 임무가 주된 목적이 되어 가면서 그는 자신이 늙었다는 것을 느끼고 있었다. 그의 노련미는 생명을 구하는 데 쓰이지 않았다. 언론사와의 인터뷰를 해야 하는 일정이 구조자들을 구해야 하는 머리싸움의 시간보다 더 많았다. 구조자 가족들에게 위로를 전하고 서로의 가슴을 나누는 일보다 권력과 공존하는 세력들을 감싸는 데 보내야 하는 시간들이 많아지고 있었다.

오늘도 그는 오후 시간에 현장으로 출근했다. 이른 아침부터 높으신 어르신들의 부름을 받았다. 그 자리에서 그는 호된 꾸지람을 들어야 했다.

"자네. 뭐하는 사람이야!"

호령으로 시작된 높은 양반의 목소리가 예전 같았으면 그의 사지를 덜덜덜 떨게 만들었을 것이다. 눈도 쳐다보지 못하고 고개를 숙인 채 죄송합니다를 연발했을 것이다. 최대한 빠른 조치를 취하겠다며 용서를 빌었을 것이다.

"이 자리에 제가 와야 되는 이유가 뭡니까?"

그의 입에서 나온 이야기는 예전과는 달랐다. 그는 높은 양반들에게 최선의 대안책을 내놓고는 했다. 호령에 대한 용서를 구하기위해, 나이 지긋한 어르신들의 혈압을 높인 죄를 씻기 위해 현명한 대처방안을 마련하고는 했다. 과거와는 다른 대답에 모두가 놀랐다. 그를 데려온 비서도, 앞에 앉아 있는 늙은 구렁이도.

"자네. 지금 뭐라고 한 거야?"

자신의 귀를 의심하는 높은 양반이 되물었다. 그가 고개를 빳빳하게 들고 말했다.

"제가 있어야 하는 자리는 구조현장입니다. 제가 대화를 나눌 상대는 구조자와 구조자 가족들입니다. 제가 지금 가장 급하게 생각해야 하는 문제는 어르신의 뇌물수수혐의가 아닌! 바로 구조자의 안전한 구출입니다!"

나지막하게 말하던 그의 입이 분노의 소리를 내질렀다. 황당하고 어이없는 상황에 그 누구도 입을 열지 못했다. 높은 양반의 비서가 무릎을 꿇고 앉아 있는 그의 팔을 잡아당겼다.

"놔! 알아서 나갈 테니까!"

그가 벌떡 일어나 비서의 어깨를 툭 치고는 지나쳐 갔다. 갑자기 그가 걸음을 멈췄다. 비서를 돌아보았다.

"이봐. 나이도 한참 어린놈이라 내가 충고해 주겠는데, 이 딴 자리에 있다가는 자네도 더러워져. 무슨 부귀영화를 누리자고 다 죽어가는 노친네 옆에 기생충처럼 착 달라붙어서 살고 있는 거야? 정신 차려 이 새끼야."

그는 다시 뒤돌아 당당하게 걸음을 돌렸다. 서울까지 짜증나는 출장을 갔다가 온 그는 사고현장에 도착하자마자 책상 앞에 앉았다. 흰 봉투를 찾아 내려오면서 써내려간 글이 담긴 종이를 고이접어 집어넣었다. 그가 굵은 매직을 찾아 봉투 위에 글씨를 써내려갔다.

— 사직서.

전문가는 부장을 찾았다. 사무실에서 전화를 받던 부장은 그의 어두운 표정에 뭐라 말을 하지 못하고 있었다. 이미 알고 있었다. 오늘 아침 누굴 만나고 왔는지를. 그는 천천히 부장 앞으로 다가가 봉투를 내밀었다. 부장은 안의 내용물을 확인도 하지 않고 물었다.

"이게 최선인가?"

"네, 최선이자 제가 살 수 있는 길입니다. 따로 외주회사를 오픈할 겁니다. 이제는 싫습니다. 대신 이정수 씨 구조까지만 보류해 주십시오. 제가 반드시 구조할 겁니다."

부장은 더 이상 묻지 않았다. 조용히 서랍 속에 사직서를 밀어 넣었다. 부장의 서랍 안에는 또 다른 흰색 봉투가 눈에 들어왔다. 부장의 글씨체로 그와 같은 글씨가 쓰여 있었다. 부장이 한숨을 늘어지게 쉬며 말했다.

"내 나이 벌써 쉰여덟이야. 당장 일자리를 잃는다고 해도 사람들은 오래 일했다 생각할 나이지. 나는 무엇을 위해 이 자리를 지키려 했던 것일까?"

전문가에게 말한다기보다 혼자만의 넋두리와 같았다. 전문가의 매서운 첫 반항 이후 부장은 많은 생각에 잠겼다. 아빠라는 이름. 한 번도 스스로에게 질문하지도 돌아보지도 않았던 이름이었다. 당연한 이름이자 짊어져야 하는 이름이었다. 그 누구에게도 똑같이 당연한 이름이 아니었을까? 라는 질문이 썰물처럼 밀려들어 왔다. 어느 누구에게 물어 보아도 그에 따른 고뇌나 생각 따위는 하지 않았을 것이다. 그 당연한 이름에 대한 박탈권을 사용하는 자신과 위에서 내려다보는 노인들을 돌아보게 됐다. 역겨웠다. 누구의 권리로 너무도 당연한 이름을 박탈하려 했는지 생각하니 한없이 부끄러워졌다. 부장은 언론의 통제를 재촉하는 전화들을 모두 거부했다. 어느 누구는 부장에게 이제 그만 쉴 때가 되신 건가요? 라는 협박을 전달해 왔다. 30년의 직장. 부끄러움이 없는 25년의 떳떳한 직장생활. 누군가를 돕는다는 것에 만족했고 누군가의 가정을 지킨다는 것에 자부심을 느꼈다. 헌데 이제는 누군가에게 도움을 준다기보다 은폐라는 더러운 협착을 해야만 하는 이 생활이 과연 옳은 일인지 갈등하게 됐다. 누구로 인한 갈등이던가! 부장은 억울했다. 자신의 신념을 꺾어 버리는 권력과 자긍심을 무참하게 무너뜨리는 탐욕에 굴복하는 자신이 초라했다. 작아지는 자신을 느끼자 방황은 가슴에 잔류하지 않았다. 과감하게 부장의 곁을 떠나버렸다. 사직서를 써 내려가는 손이 가벼웠다. 사직서를 쓰는 도중에도 전화는 걸려왔다. 결심이 서자 전화를 받는 목소리도 당당해졌다.

"네."

"지금 언론에서 냄새 맡고 다니는데 당신들 뭐하는 거야!"

다짜고짜 곧은 소리를 내지르는 상대에게 부장은 더 큰소리를 내질렀다.

"너 이 자식 몇 살이야! 보아하니 어린놈의 새끼 같은데. 너 인마 인생 그따위로 살고 싶어! 어린놈이 닳을 대로 닳아서 어디에 써 먹냐. 버러지 같은 놈. 끊어 이 새끼야!"

일방적으로 수화기를 내려놓은 부장은 흰 종이에 써 내려가는 내용을 마무리했다. 담배를 입에 물었다. 지난 5년 동안 고민과 답답함으로 물었던 담배가 오늘만큼은 시원하고 맛이 좋았다. 지난 25년의 직장생활을 떠오르게 해 주는 맛있는 담배였다.

부장은 전문가에게 다가갔다. 함께 근무한 지 15년이나 됐지만 그의 손을 잡았던 적은 한 번도 없었다. 오늘 부장은 그의 손을 잡았다.

"자네 이번 일 끝나면 말이지. 나를 직원으로 좀 써주겠나?"

"네?"

"직장을 떠나면 할 일이 없어서 그래. 배운 게 도둑질이라고, 내가 사람 구하는 일 이외에 뭘 할 수 있겠나. 그래도 베테랑이니 도움은 될 걸세."

전문가가 멍하니 부장을 바라보았다. 부장은 부끄러운 표정으로 그의 시선을 피했다. 벽에 걸린 시계를 바라보며 농을 던졌다.

"걱정 마. 이래봬도 이 바닥에 오래 있어서 영업도 꽤나 잘할 수 있을 거야. 대신 연봉협상은 매년 해줘야 하네. 처음은 어려우니 보수를 생각하지 않겠지만."

전문가가 웃었다.

부장이 웃었다.

그들은 함께 웃었다.

김미진은 이정수에게 수차례 전화를 걸었다. 핸드폰은 기대와는 달리 친절한 안내멘트만을 들려주었다. 문자를 보낼까? 몇 번을 망설였다. 그제 통화를 했을 때 배터리가 별로 없으니 최대한 전화를 자제한다고 말했었다. 문자를 보내게 되면 진동이나 벨소리가 나중에 전달될 테고 그만큼 배터리는 소진될 것이 뻔했다.

몇 번이나 문자를 쓰고 지우길 반복했다. 그녀가 식탁에 앉아 써내려간 장문의 문자를 읽어 보았다. 피식 웃음이 나오기도 쏩쏩해지기도 했다. 그이를 만난 이후 이렇게 서로를 미친 듯이 찾아본 적이 있었던가? 라는 생각이 그녀에게 찾아왔다. 연애시절에는 보고 싶었던 적도 많았고 장시간의 통화로 날밤을 지새운 적도 많았다. 결혼을 하고 나서도 가끔 서로에게 편지를 주고받는 일을 빼먹지 않았다. 기념일이 아니더라도 서로에게 선물을 주고받으며 애정을 증명하기도 했다. 보고픔을 넘어선 보고픔. 그녀는 이 말을 어떻게 설명하고 칭해야 하는지 고민했다. 아무리 생각해도 단어가 생각나지 않았다. 이 벅차오르는 감정에 이름을 부여하고 싶었다. 문자의 마지막은 꼭 이 감정에 이름을 넣어 보내고 싶었다. 골똘히 생각하고 기억하려 애를 썼다. 시간은 한 시간을 훌쩍 넘겼고 그녀는 시간이 무안할 정도로 한 가지의 고민에 매달리고 있었다.

얼마나 지났을까?

김미진의 눈이 갑자기 초롱초롱하게 빛나기 시작했다. 그녀는 마지막 문장을 거침없이 써내려갔다.

– 당신, 잘 버텨내고 있는 거지? 나도 당신을 기다리며 힘차게 지내고 있어. 곧 볼 수 있겠지? 당신, 사랑해요. 그리고 당신이 애드러워요. 당신께 나의 순정을 바칩니다.

문자는 전송되지 않고 보관함으로 이동됐다.

절절한 사람을 만난다는 일은 흔치 않습니다.
나는 그러합니다.
당신을 바라보는 일조차 행복이라는 것을 깨달았습니다.
이 행복을 방관하고 유기한 내 자신을 책망하여 봅니다.

당신이 무엇을 하고 있는지를
무슨 생각을 하고 있는지를
알고 있다는 것이 얼마나 큰 기쁨인지 이제야 알게 됩니다.
환희의 순간은 당신과 걸어가는 일임을 새삼스러운 운명의 장난이
일깨워 줍니다.

잠들었을까요?
아니면 나를 생각하며 울고 있을까요?
우리 예쁜 딸아이와 내 이야기를 하고 있을까요?
아! 너무 궁금합니다.

사람이 곁에 있는 소중함을 늘 잊고 살아갑니다.
영원이라는 쓸데없는 단어 때문이지요.
'늘'이라는 단어보다 '가끔'이라는 단어가 한결 더 와 닿는 이유는
아마도 이 빌어먹을 영원이라는 쓸모없는 놈 때문일 겝니다.

앞으로는 우리의 삶에 묵살의 이유를 없애버리겠습니다.
당신과 나 사이에 묵살, 방치, 좌시라는 울타리를 모두 없애버리겠습니다.
사랑합니다.
영원이라는 쓸모없는 단어는 이 사랑합니다, 의 앞에만 붙여야 하는
유일한 단어임이 오늘 증명됩니다.
영원히 사랑합니다.

〈잠이 오지 않는 12일째 되는 밤, 사랑하는 아내에게 보내는 편지〉

06

절망이 피워내는 사랑

터널에 갇힌 지 17일째. 이정수의 얼굴은 많이 해쓱해져 있었다. 태어나서 한 번도 모습을 드러낸 적 없는 광대가 그의 얼굴 양쪽에 불쑥 튀어나와 있었다. 그는 하루도 쉬지 않고 쌓아올렸던 탑을 쌓는 취미를 오늘 과감하게 버렸다. 우울이 그에게 찾아온 것이다. 어제까지만 해도 놓지 않으려 했던 절실한 염원은 잠에서 깨어나는 순간을 끝으로 그에게서 멀리 달아나 버렸다. 오늘은 왠지 모르게 비관적 생각만이 그를 엄습하고 있었다. 아침 기계소리와 함께 눈을 떴다. 그의 귀는 가까워지지 않는 기계소음에 절망을 느꼈다. 진동도 예전하고 다를 바 없이 가끔 그를 찾아올 뿐이었다. 분명 처음보다는 많은 진척이 있었다. 가까워지던 소리는 13일을 기점으로 더 이상 그에게 다가오지 않았다. 4일째 같은 곳을 두드리는 기계 소음이 분명 무언가 잘못됐다는 것을 깨닫게 해 주고 있었다. 답답했다. 오늘도 여전히 힘겨운 소리를 내는 기계들은 앞으로 나아가지 못하고 있음을 전해 주고 있었다. 뒷좌석에 멍하니 누운 그가 어두운 천정을 바라보고 있었다. 구조는 어떻게 되는 걸까? 배고프다, 라고 나지막하게 중얼거린 그가 힘없이 몸을 일으켜 차에 시동을 걸어 보았다. 라디오는 지직거리며 한동안 짜증나는 소리만을 들려주었다. 그가 힘없이 뒷좌석 한 구석으로 몸을 기대자 그제야 사람의 목소리가 스피커를 통해 흘러나왔다. 음악이 흘러나왔다. DJ가 유쾌하게 청취자들의 사연을 소개했다. 문자 사연을 읽어주며 키득키득거리는 웃음이 그의 귀를 거슬리게 했다. 쓸데없는 사연들이 난무했다. 그는 고개를 숙인 채 무릎에 이마를 의지하고는 내리 라디오를 청취했다. 얼마나 지났을까? 광고 후 찾아뵙는다는 DJ의 말이 두 번째 흘러나왔다. 자신의 프로를 청취해줘서 고맙다는 말과 즐거운 휴가를 바란다는 말로 프로그램의 종료를 알려왔다. 새로이 나오는 광고와 타 프로그램을 맡고 있는 DJ의 음성이 전해졌다. 음악이 흘러나오고 전 프로와 같이 쓸데없는 사연을 들려주기보다는 팝송에 대한 소식을 들려주는 일이 주된 목적인 것 같았다. DJ는 광고와 뉴스를 듣고 다시 오겠습니다, 라고 말하며 1부의 끝남을 알려왔다. 조용히 조각처럼 움직임이 없던 그가 고개를 번쩍 들었다. 어둠 속에서 그는 라디오의 환한 불빛으로 눈길을 돌렸다. 쓸데없는 광고가 끝나자 낮은 목소리의 여자 아나운서가 뉴스를 전달했다. 그의 심장이 두근거렸다. 아직 준비도 되지 않았는데 아나운서는 제일 먼저 그의 소식을 전했다.

— 이씨의 구조 작업은 어려움에 봉착되어 있다고 전해지고 있습니다. 50%가량 작업이 진행된 가운데 50미터나 되는 암벽이 자리 잡고 있어 힘든 작업을 이어가고 있다고 합니다. 폭발물을 쓰려 했지만 이씨의 안전이 확보되지 않은 상황에서는 불가능하다고 합니다. 중장비가 들어가면 장비 기사들이 위험해질 수 있는 상황이라 사람이 직접 들어가 암석을 제거하고 있는데요. 현재 다른 입구를 찾으려 조가 편성돼 구조작업을 양쪽으로 나눠서 할 방침이라고 전해지고 있습니다.

이정수는 라디오를 꺼버렸다. 그는 낙담한 마음을 달랠 길이 없었다. 화가 나고 역정을 내고 싶었지만 그럴 만한 힘도 없었다. 그는 스르르 몸을 뉘였다. 길게 늘어지는 한숨이 그의 마음을 대변하고 있었다. 이대로 잠들었으면 좋겠다, 라고 중얼거린 그는 눈을 감아보았다. 김미진의 얼굴을 떠올리려, 수진이의 얼굴을 떠올리려 애썼다. 왜인지 모르겠지만 상상의 나래조차 그의 머릿속 자유를 속박했다. 그 무엇도 의미 없는 하루가 되어 버렸다. 갑자기 흉한 생각이 그에게 찾아들었다. 시간이 지날수록 나는 죽어가는 걸까? 결국 죽는 것인가? 라는 이곳에 갇혀 있는 동안 한 번도 품어본 적 없는 패자와 같은 절망.

"시간은, 모두를 집으로 돌아가게 하는데 왜 나만 여기 있는 거지?"

전문가가 걱정하던 패닉 상태가 찾아왔다. 멍한 시선, 불안을 가득 담은 목소리. 누군가를 향한 원망. 죽음이 가까워졌다는 체념. 그의 몸에도 변화가 일어났다. 근육들이 경련을 일으켰다. 심장은 달리기를 한 것과 같은 반응을 나타냈다. 눈물도 나지 않았다. 긍정으로 주위를 둘러보며 일거리를 찾던 어제의 모습과는 전혀 다른 사람의 모습이었다. 그저 천정만을 향해 초점 없는 시선으로 자신을 감싸 안고 있는 모든 공포를 체험하고 있었다. 전문가는 어느 순간 갑자기 찾아들어오는 패닉상태에 대해 신신당부했었다.

"이정수 씨. 좁은 공간과 어둠 속에서는 갑작스러운 패닉상태가 올 수 있습니다. 아무리 긍정적인 시각을 가지고 있어도 한순간 무너지기도 하지요. 버텨내야 합니다. 그렇지 않으면 구조에 대한 가능성은 제로가 돼버려요. 한순간 찾아오는 그 모든 것들을 이겨내셔야 합니다."

"패닉상태가 찾아오면 어떻게 해야 합니까?"

"남은 배터리를 모두 사용하세요. 아내에게."

"그럼 됩니까?"

"패닉 상태를 벗어나는 일은 예측하기 힘듭니다. 한 시간 후가 될 수도, 두 시간 후가 될 수도, 계속 그 상태가 유지될 수도 있습니다. 의지에 따라 변하는 것이지요. 그 의지를 되찾아 오기란 여간 어렵지 않습니다.”

이정수는 전문가의 당부를 기억해내지 못했다. 오로지 절망. 그 안에서 허우적댈 뿐이었다. 가슴이 답답해져 왔다. 호흡이 곤란해지고 몸이 뻣뻣하게 굳어가는 것 같았다. 숨을 쉬려 크게 공기를 마셔 보았지만 폐는 계속해서 산소가 부족하다 말하고 있었다. 식은땀이 흘러내렸다. 경직된 손으로 핸드폰의 전원을 켰다. 김미진의 전화번호가 담긴 단축번호를 길게 눌러보았다. 전문가의 조언이 떠올라서가 아니었다. 당장 죽음이 자신의 곁에 다가왔다는 공포 때문이었다. 신호가 가는 도중 배터리가 없다는 신호음이 자꾸 그의 귀를 거슬리게 했다. 얼마 지나지 않아 그녀가 전화를 받았다. 그는 그녀의 대꾸에 상관없이 자신의 말만을 전달했다.

“여보. 나 숨이 막혀와. 죽을 거 같아.”

김미진은 헐떡거리는 이정수의 숨소리에 당황하며 말했다.

“무슨 일이야? 왜 그래? 여보!”

“갑자기 몸이 이상해. 나 죽을 거 같아. 젠장!”

이정수가 소리쳤다. 그의 행동에 김미진이 이상함을 느꼈다. 이야기를 하다 갑작스럽게 짜증을 내고 다시 나긋나긋 말하는 그의 모습에 전문가가 말한 패닉상태가 왔음을 직감했다. 전문가는 만약 그에게 패닉상태가 오면 무조건 용기를 심어줘야 한다고 이야기했었다. 절대 흔들리지 말고 나긋나긋 엄마가 아이에게 말하듯이 그를 어르고 달래라 했었다. 그녀는 전문가가 말한 대로 행동하려 진력을 다했다.

"여보. 진정해. 아무 일도 없지? 터널이 더 무너진 건 아니지?"

"그런 건 아니야. 헉헉. 죽을 거 같아. 심장도 빨리 뛰고 몸이 이상해."

"잠시 끊어봐. 내가 구조자와 통화해 볼게."

"끊지 마! 끊지 마! 제발 끊지 마. 마지막 통화란 말이야. 배터리가 없단 말이야! 이게 우리 마지막이란 말이야. 흑흑."

이정수가 흐느끼기 시작했다. 김미진이 입술을 깨물었다. 그에게 도움이 되지 못하는 자신이 너무도 나약해 보였다. 그는 그녀에게 애걸복걸하며 말했다.

"수진이는? 수진이는 있어? 바꿔줘."

"어머님이 데려갔어. 여보, 제발 정신 좀 차려봐!"

"무서워. 온통 어둡고 사방이 나를 공격해 올 거 같아. 금방이라도 터널이 무너져 내릴 것 같아."

"여보! 이정수! 정신 차리라고! 당신 여기에서 무너지면 안 돼! 빨리 정신 차려!"

"젠장. 몸이 말을 듣지 않아! 굳어 버렸어. 누가 나를 짓누르고 있는 것 같아!"

이정수의 말에 김미진도 점차 이성을 잃어갔다. 그녀도 정신줄을 놓고 짐승처럼 부르짖었다.

"이정수! 정신 차려. 제발 정신 차려! 당신을 위해 살아남으라는 이야기가 아니야! 수진이를 위해서도 아니야! 나를 위해서! 나를 위해서 제발 정신 좀 차려!"

"여보 끊지 마. 전화 끊지 마. 나 무서워."

서로가 동문서답과 같은 말들을 내뱉었다. 마지막 통화. 처절한 전쟁 속에서 서로의 손을 놓지 않으려 하는 모습과 같았다.

"당신, 무너지면 안 돼. 나는 어떻게 하라고! 나는 어떻게 살라고! 무책임하게 행동하지 마! 나 두고 갈 생각하지 말란 말이야! 나는! 나는 어떻게 살아가라고!"

김미진 역시 패닉이 찾아온 것일까? 서로의 악다구니 속에 통화는 계속되었다. 처음에는 서로가 비등한 비율로 소리치다 어느새 그녀의 목소리가 그를 잠식해 갔다.

"우리 다 죽어 버릴까? 나도! 수진이도! 그냥 다 죽어 버릴까? 수진이 데려와서 같이 옥상에서 뛰어내려 버릴까? 내가 왜 어머니께 수진이 보냈는지 알아? 잠들어 있는 수진이를 보면! 연락 없는 당신의 전화를 기다리다 보면! 나도 모르게 죽고 싶어져. 혼자 죽을 수 없어서 수진이도 함께! 당신이 죽어 버렸을까 봐! 당신이 죽었다는 소리를 누군가에게 듣는 순간 이 지옥보다 싫어서! 그냥 죽고 싶어진다고! 정신 차려! 당신 죽고 싶어? 그럼 같이 죽어! 같이 죽어 버려!"

"……"

"얼마나 힘든 줄 알아? 연락 없는 당신의 목소리가 얼마나 듣고 싶은 줄 알아? 살아있을까? 라는 생각으로 하루 종일 버텨내는 일이 얼마나 힘들고 죽고 싶은 일인지 알아? 전화벨소리만 들어도 심장이 벌렁거려. 당신은 우리가 살아있다는 확신이 있지만! 나는 그런 확신조차 없단 말이야! 그 확신을 가지고 있어야 하는 내 자신이지만! 그 확신을 불신하는 내가 너무 증오스럽단 말이야!"

점차 이정수의 호흡이 원래 상태를 찾아갔다. 심장도 제 소리를 찾아갔다. 흐르던 땀은 어느새 식어 버렸다. 뻣뻣하던 몸이 자유의 해방을 만끽했다. 자신을 짓누르던 공포는 김미진의 외침에 기겁하고 도망가고 있었다.

"똑바로 들어! 살아! 살아남으라고! 분명히 말하지만! 당신 죽으면 수진이도 죽어! 나도 죽고 모두가 죽는 거야! 알겠어!"

"……"

"대답해! 당신 보잘것없는 목숨 하나가 우리 셋을 죽음으로, 행복으로 바꿀 수 있어. 버텨내! 죽어도 버텨내! 죽는 소리 하지 말라고! 투정부리지 말라고! 버티지 않으면 다 죽어! 내 말에 엄청난 무게가 더해진다고 해도! 짓눌리는 부담감이 더해진다 해도! 무조건 버텨내! 아무 죄 없는 수진이 죽이고 싶어? 세상 모르고 살아가는 착한 우리 딸 죽이고 싶어? 당신 그딴 식으로 나온다면 다 죽여 버릴 거야! 당신 나약한 소리 지껄이면 당신이 죽기 전에 수진이와 내가 먼저 죽을 거라고!"

"……"

아무 말 없는 이정수에게 김미진이 싸늘하고 차가운 목소리로 말했다.

"이거 협박 아니야. 처음이자 마지막 경고야. 살아남아. 무슨 일이 있어도 살. 아. 남. 아."

― 배터리가 다 되어 버렸어.

― 당신 저녁 10시마다 라디오 들어. 그곳으로 내 사연을 보낼 거야. 매일같이 고민했어. 어떻게 해서든 우리 소식을 듣고 싶어 하는 당신이니까.

― 나약한 소리해서 미안해. 내가 죽었는지 살았는지 앞으로 어떻게 보고를 해야 할까?

― 믿을 거야. 한 달이 지나도, 두 달이 지나도. 구조될 때까지 매일같이 사연을 보낼 거야.

― 좋아. 여기에서 나갈게. 살아서 당신과 수진이……

뚝!

고객님의 전화가 꺼져 있어……

늦은 저녁 구조작업은 끝이 났지만 전문가는 퇴근길에 오르지 않았다. 부장과 함께 구조작업에 대한 난항을 뚫어야 했다. 둘은 머리를 모아 이런저런 의견을 내놓았다. 부장은 다른 길을 모색하자 했다. 늦기 전에 다른 곳을 파헤쳐야 한다고 말했다. 그의 의견은 달랐다. 다시 진행을 한다고 해서 현재와 같은 상황이 발생하지 말라는 법이 없었다. 암벽이 또 나타나게 된다면 그땐 현 상황보다 더 절박한 위기에 봉착할 것이라 주장했다. 어느 누구도 틀린 말이 아니었다. 밤이 깊어가도 그들의 논쟁은 끝날 줄 몰랐다. 지금과는 다른 방향을 제시해 보기도 했다.

"부장님, 이런 식의 진행보다는 터널 입구를 직접 건드려보는 건 어떨까요?"

"안 돼. 무너질 확률이 너무 높아. 그래서 우리가 이 방법을 택한 거 아닌가."

"시멘트로 바위들을 모두 굳혀 버리는 방법은요?"

"공기가 부족해지면? 이정수 씨는 많이 약해져 있는 상태야. 그리고 바위를 건드리면 시멘트는 진동으로 갈라질 거야."

어떠한 방법도 지금의 사태를 해결하는 데 역부족이었다. 건축기사와 구조대원들이 제시한 방안도 안전을 고려하지 않은 방법들이 줄을 이었다. 그들은 많이 지쳐 있었다. 전문가는 식은 커피를 벌컥 마시며 잠을 쫓으려 했다. 임시 사무실인 컨테이너 맞은편으로 이정수를 집어삼킨 터널이 당당한 기품을 유치한 채 그들을 여유 있는 모습으로 바라보고 있었다. 부장과 전문가가 천천히 창문 쪽으로 걸음을 옮겼다.

"어떻게 저 따위 흉물이 있을 수가 있을까?"

부장이 중얼거렸다.

"제 평생 저런 흉물은 처음 봅니다. 삼풍백화점 사고 때도 저 정도는 아니었습니다. 구조가 불가능한 형태의 터널이라. 지독합니다."

전문가가 부장의 곁으로 다가와 탄식을 토해냈다.

"잊지 말게. 무너지면 반드시 구조할 방법도 있는 거야."

"암벽들을 부술 수 있는 장비들을 더 보충하겠습니다. 2조로 나누어 작업을 하되. 지금 인력은 현재의 구조작업을 유지시키고 보충인력으로 새로운 길을 뚫는 방법이 좋을 것 같습니다."

전문가의 말에 부장이 고개를 끄덕였다.

"1미터가 넘는 두께와 50미터가 넘는 넓이의 암벽이라. 흉물이야. 악산이라고."

부장은 끈질기게 인질을 놓아주지 않는 터널의 모습에 혀를 내둘렀다. 그들은 터널을 증오하고 경멸했다. 한참을 터널의 악랄함에 대해 저주를 퍼붓고 있었다. 회의를 하던 널찍한 책상에서 핸드폰이 요란하게 몸을 비틀어댔다.

"이봐. 자네 전화야."

뒤를 힐끗 돌아보더니 부장이 말했다. 전문가가 핸드폰의 발신자를 확인하더니 급하게 전화를 받았다. 김미진이었다. 그녀는 힘없이 말했다.

"남편의 전화가 꺼져버렸어요."

"무슨 일이 있었던 겁니까?"

전문가가 급하게 물었다.

"선생님이 말씀하신 대로 패닉상태가 찾아왔었나 봐요."

"어떻게 됐습니까?"

"진정하고 끊긴 했는데 말이죠."

김미진이 말끝을 흐렸다. 전문가는 그녀의 다음 이야기를 조용히 기다렸다. 보챌 수 없었다. 그녀가 흐느끼고 있다는 것을 충분히 알고 있었기에. 그녀는 서러움을 꿀꺽 삼키고는 말을 이었다.

"목 놓아 울지 못했어요. 그이도 나도, 울고 싶었는데 마지막에 우리 서로 목 놓아 울지 못했어요. 울고 싶어 죽을 것 같았는데……."

전문가의 목이 간지러워졌다. 울컥하는 무언가를 집어삼켜야 했다. 이런 염병할 처지를 납득할 수 없었다. 지금까지 수많은 사람들을 구조해 왔다. 실패도 했었고 행복을 선사하기도 했었다. 눈물도 봐왔고 웃음도 봐왔다. 그렇지만 이런 말도 안 되는 여건은 처음이었다. 사람들은 죽음을 덤덤히 받아들이기도 하고 절규하기도 한다. 살아 돌아올 확률이 많음에 기뻐하기도 하고 기대하기도 한다. 희망고문. 지금에 가장 어울리는 말일 것이다. 이정수는 살아있다. 죽지도 못하고 아무것도 할 수 없는 좌절 속에서 희망으로 인한 고문으로 혹사당하고 있었다. 김미진 또한 그러했다. 살아있음에 희망의 끈을 놓지 못하고 있었다. 공사현장에 있는 모든 구조대원들도, 부장과 자신도 그랬다. 구해야 한다는 의무와 책임. 살 수 있다는 광명과 꿈은 그들 모두를 오히려 지옥의 시간으로 초대하고 있는 듯했다. 그래도 포기할 수 없다. 제아무리 악랄한 고문일지라도 그들에게는 그의 무사귀환이 목표였으니까. 그렇기에 자신들이 존재하고 있었으니까.

"김미진 씨. 울어요. 울어도 돼요. 마음껏 울어 봐요."

전문가의 목소리가 떨려왔다. 슬픔이 아닌 원통함이었다. 그가 울었다. 김미진도 울었다. 부장은 그를 바라보다 고개를 돌려 원망스러운 눈으로 터널을 바라보았다. 그녀가 울부짖었다.

"어떻게 이런 일이 일어날 수 있어요. 세상에 어떻게 이런 일이 벌어질 수 있는 거예요. 무슨 잘못을 했다고 이런 일을 우리가 당해야 하는 거냐고요. 잘못한 것도 없는데, 그저 주말에 조촐한 저녁을 함께 먹는 것이 유일한 낙이었는데 어떻게 세상은 이렇게 말도 안 되는 시련을 주는 거냐고요."

전문가는 그녀가 알아들을 수 없는 목소리로 나지막하게 옹알거렸다.

"세상이 아닌, 탐욕이겠지요. 사람이 만들어낸 탐욕에 사람이 벌을 받는 거겠죠. 같은 사람이라는 이유로 더러운 탐욕을 가진 인간의 벌을 대신 받는 거겠지요."

김미진이 한참을 흐느끼다 전화를 끊었다. 홀로 남겨진 집안이 휑했다. 어디에서부터 잘못된 것일까? 그녀는 기억을 더듬어 올라갔다. 조금만 늦게 이정수가 출발했다면, 아니면 조금 일찍 출발했다면. 사람들이 조금만 일찍 보내 줬더라면, 아니면 조금만 늦게 그를 보내 줬더라면. 그녀의 마음은 타인들을 향한 원망으로 짙어지고 있었다. 거실에 주저앉아 벽에 걸린 가족사진을 바라보았다. 집에 남겨진 사람은 그녀 혼자다. 수진이도, 이정수도 그녀 곁에 존재하지 않는다.

한 번 터진 눈물은 하염없이 그녀의 뺨을 적셔 놓았다. 그녀의 어여뻤던 두 볼은 황폐한 사막과 같았다. 살은 급격하게 빠져 그녀를 주시하지 않는다면 낯선 이방인으로 느껴질 정도로 변해 있었다. 앙상한 팔은 굶주림에 허덕이는 어느 나라의 난민 같았다.

하루 3시간도 자지 못하는 그녀의 눈 주위는 검은 빛으로 물들어 있었다. 불면증과 거식증의 저주가 동시에 찾아왔다. 입술은 창백하고 하도 입술을 깨문 탓에 군데군데 깊은 상처가 나 있었다. 집 밖으로 나갈 수도 없었고 안에 있자니 미칠 지경이었다. 마음 둘 곳 없는 그녀는 핸드폰을 들었다. 그가 문자를 받지 못할 거라는 걸 알고 있었지만 쉴 새 없이 문자를 보냈다. 사랑한다는 문자. 기다리겠다는 문자. 10시면 꼭 라디오를 들어 보라는 문자. 보고 싶다는 문자. 힘들다는 문자. 쉴 틈 없이 미친 사람처럼 핸드폰에 집착했다. 문자로는 모자랐는지 그녀는 직접 전화를 걸었다. 그의 전화기에서 흘러나오는 친절한 안내멘트를 듣고 있던 그녀가 1번을 길게 눌렀다.

"삐 소리와 함께 말씀하여 주십시오."

삐~

"나야. 어떤 말을 해야 할까? 아무 말도 필요 없겠지? 이미 우리 다 알고 있으니까. 울지 그랬어. 차라리 울지 그랬어. 자기랑 통화할 때 했던 말들 모두 거짓인 거 알고 있지? 협박도 경고도 아니야. 위로는 해 주지 못할망정 내 마음대로 지껄여 버렸네. 나오자마자 우리 같이 와인 사러 가자. 술이 먹고 싶은데 참고 있을게. 내가 기다린다는 거 잊지 말아요. 하루하루 절대 변하지 않는 기다림으로 자기 기다리고 있다는 걸 명심해줘요. 매일 준비할게. 와인 안주. 그러니까 빨리 돌아와요. 조금이라도 버텨내요. 꼭! 이. 겨. 내. 야. 해. 요."

사랑하는 아내에게

' 오늘일이 부끄러워. 겁먹은 아이처럼 투정부린 내 모습에 얼마나 힘겨웠을까? 배터리도 다 되어 버렸는데 또 내가 발광하지 않을까 걱정하는 모습이 눈에 선하다. 차라리 용기를 줬어야 하는데. 그래야 밥이라도 잘 먹고 지낼 텐데 말이야. 이 편지들을 당신이 전해 받는 날을 상상하고 있어. 눈물을 흘릴까? 아니면 꽃보다 아름다운 웃음으로 받아들여줄까? 아마도 둘 다일 거야. 울기도 하고 웃기도 하고. 그리고 나를 안아줄 거야. 당신을 생각하고 수진이를 생각하고 이겨냈어야 하는 건데. 마지막 통화가 이런 식이라는 게 화가나 견딜 수가 없어. 안정을 주고 행복한 이야기만을 하고 싶었는데…….

오늘 했던 당신의 말 믿지 않아. 당신의 목소리가 심하게 떨려오는 순간, 겁을 먹은 아이처럼 느껴졌어. 그 순간이 나를 공포라는 최면에서 깨어나게 한 거야.

오들오들 떨려오는 당신의 목소리. 당장이라도 이곳을 벗어나 안아주고 싶었어. 소리치는 당신의 목소리가 비명처럼 느껴졌어. 이곳에서 나가게 된다면 당신에게 무릎을 꿇고 용서를 빌어야 할 것 같아.

얼마나 힘들어 할까? 당신 말대로 나는 당신과 수진이의 안전을 장담하고 있는 상황이지만 당신은 매일 매일이 끔찍하고 힘겨울 텐데. 연락 없는 나를 보며 무슨 일이 있는 건 아닌지 노심초사하며 하루하루를 버텨나갈 텐데. 나는 이렇게 마음 편안한 호사를 부리면서 당신에게 불평을 했던 것일까?

　걱정하지 마. 당신 말대로 반드시 버텨낼 테니까. 당신이 당신을 위해 버텨내라 했지? 아니야. 나는 나를 위해 버텨낼 거야. 당신과의 사랑을 지키기 위해서. 우리 수진이의 든든한 아빠로 오랜 시간 남아 있기 위해서 끝까지 싸워 나갈 거야.

　이 편지가 당신에게 전달될 그날까지는 기어이 버텨낼 테니까 걱정하지 마.

　당신이 조금이라도 잠을 편안하게 잘 수 있었으면 좋겠다.

　당신이 조금이라도 웃고 지냈으면 좋겠다.

　당신이 조금이라도 밥을 먹었으면 좋겠다.

　왜 이런 걱정을 하고 있느냐 묻고 싶을 거야. 기억나나? 우리가 처음으로 주말 부부로 살아가던 날을. 당신 두 달 동안 그 시간을 적응하지 못해 불면증과 거식증, 우울증으로 힘들어했었지. 내가 왜 그렇게 적응하지 못하냐며 수진이를 생각하라고 화를 내자 당신이 말했어. 보고 싶은데 떨어져 있어야 하는 일만큼 힘겨운 일이 어디에 있느냐고. 당신 지금도 그러겠지? 조금만 있으면 나갈 수 있는데 당신이 쓸데없는 걱정 속에서 힘들어할까 봐 마음이 아파온다. 나는 잘 지낼 거야. 당신도 수진이 잘 돌보면서 즐거운 시간을 만들어 봐.

　소재원 작가의 작품이 생각나. 당신이 좋아하는 작가였지? 거기에 이런 글이 나오지.

– 사람들이 왜 보석보다 아름다운 별을 바라보지 않는지 알아? 이유는 말이지 매일 밤만 되면 나타나기 때문이야. 만약 내일 당장 별이 사라진다면 사람들은 하루 종일 별만을 바라보며 아쉬운 작별을 고하겠지. 우리의 인연도 같아.

터널에 갇혀 있으면서 이 문구가 가장 와 닿아. 우리에게 이별은 없을 줄 알았어. 주말이면 어김없이 만날 수 있다는 이유로 소중함이 덜해졌을 거야. 어쩌면 하늘이 우리에게 깨달음을 주는 시련을 선사하려 이런 일을 만들었을 수도 있겠다. 나가면 매일 우리 함께 웃자. 곁에 존재한다는 이유만으로 감사하며 살아가자. 기필코 빠져나가서 당신과 웃을 거야. 이만 줄일게. 사랑해.

〈투정으로 천사님의 하루를 망쳐 버린 못난 남편이〉

07

각자의 간절함으로

김미진.

그이가 터널 안에 갇힌 지 19일. 아침부터 부산을 떨었다. 서울
에 있는 방송국에 직접 가야만 했다. 인터넷으로 사연을 올렸지만
그 누구도 내 사연을 읽어주지 않았다. 그이가 기다릴 거라는 생
각을 하니 견딜 수가 없었다. 기차를 타고 싶었지만 택시를 타야
만했다. 집 앞에 진을 치고 있는 카메라들은 나를 따라다니며 감
시했다. 서울 목동이라는 동네를 부지런히 달려갔다. 택시기사는
내가 누군지 아는지 힐끗힐끗 얼굴을 쳐다보기 바빴다. 기사는
나에게 잠시 휴게소를 들리겠습니다, 라고 말한 뒤 편의점에 들어
가 따뜻한 음료를 사왔다. 좀 주무세요. 안전하게 모셔다 드리겠
습니다, 라는 따뜻한 말과 함께 담요를 건넸다. 잠깐의 정차인데

도 불구하고 기자들은 금세 휴게소로 모여들어 택시를 에워쌌다. 내가 어디로 향하는지 궁금한지 창문 밖으로 위치를 묻는 외침이 여기저기에서 전해졌다. 그들은 내가 시공사로 향하길 바라고 있을 것이다. 힘없는 여자가 자본주의의 가장 꼭대기에 있는 누군가와 대항하는 광경을 바라고 있었을 것이다. 내가 담요를 뒤집어쓰고 얼굴을 가렸다. 택시기사가 말했다.

"기자들이 쫓아오지 못할 정도로 빨리 가겠습니다. 방송국이라 하셨죠? 자! 출발합니다."

기사는 노련한 운전 솜씨로 기자들을 피해 급하게 차를 출발시켰다. 엔진의 소음만이 들려오던 때에 기사가 나에게 말을 걸었다.

"힘내세요. 별로 드릴 말씀이 없습니다. 제가 이제 쉰둘입니다. 이 나이면 대부분 아빠가 되어 있지요. 그래서일 거예요. 남편분의 마음, 지금 타고 계신 분의 마음을 이해할 수 있는 건."

나는 대답하지 않았다. 매일 들어왔던 위로였고 그 위로로는 안에 있는 모든 감정들을 쫓아내지 못했다. 택시기사는 아랑곳하지 않고 말을 이었다.

"저도 한때는 공사현장에서 일을 했었습니다. 측량기사였지요. 대기업에 있다고 해도 기사들은 파견근무가 많아요. 지방 도로공사나, 아파트 올리는 곳에 임시로 숙소를 잡고 살아야 하는 경우가 잦았어요. 그래서 선택한 것이 바로 이 택시랍니다. 점심이면 집에 들어가 밥을 먹어요. 가족들 얼굴을 한 번 더 보기 위해서요. 저녁이면 퇴근시간을 엄격하게 지킵니다. 지금도 그래요. 오늘은 장거리 손님이라 점심을 먹지 못하겠지만요. 예전보다 벌이는 줄었지만 좋습니다. 개인택시가 나올 때는 얼마나 기뻤는지. 첫 승객은 아내와 아이들이었습니다. 가장 멀리 함께 가보고 싶었거든요. 어느 장거리 손님들보다 오래 이 차에 태워보고 싶었거든요. 아실 거예요. 이 마음."

나도 모르게 담요를 슬며시 내려 기사의 얼굴을 보았다. 미소가 얼굴 가득 번져 있었다. 기사는 나에게 시선을 두지 않고 정면만을 바라보며 말을 이었다. 미소의 끝자락에는 나에 대한 동정과 안쓰러움이 가득 묻어 나온다는 것을 목소리를 듣고서야 알 수 있었다.

"아내와는 이제 결혼 30주년이 되었습니다. 다음 주면 결혼기념일이지요. 아내에게 선물을 사주려 일주일 동안 몰래 비상금을 챙겨왔어요. 퇴근 시간 한 시간을 늘리고 한 시간 동안 일한 돈을 챙겨왔지요. 그런데 오늘 아내에게 큰 선물을 해 줄 수 있을 것 같아요. 손님 뉴스를 보며 우리 아내가 많이 안타까워했었습니다. 저는 오늘 아내에게 줄 가장 큰 선물을 태웠습니다. 오늘 택시비는 받지 않을 거예요. 제가 안전하게 다시 집까지 모셔다 드리지요. 공짜로요. 우리 아내의 선물이니까요."

울지 않으려 했다. 입술을 깨물고 참아내려 했다. 위로 따위에 흔들리지 않으려 했다. 강해지지 않으면 흔들리는 내 마음을 잡아낼 수 없을 것 같았다. 헌데 왜일까? 기사와 대화를 하고 싶어졌다. 의지가 될 수 있는 버팀목을 찾고 싶어졌고 위로 받고 싶어졌

다. 참았던 눈물은 비겁하게도 중년 기사의 따뜻함에 주르륵 흘러
내렸다. 입이 무슨 말을 하고 싶은지 자꾸만 벌어졌다. 기사는 아
무 말 없이 운전에 열중했다. 조금이라도 도착지에 최대한 빨리
데려다주고 싶은 마음인지 그의 운전은 거침이 없었다. 떨리는
입술이 용기를 내어 소리를 내었다.

"아저씨. 아저씨 아내분과 통화를 할 수 있을까요?"

"네?"

기사는 내 얼굴을 바라보았다. 내 뺨을 타고 내리는 눈물을 그
제야 발견하고는 적잖이 당황한 것 같았다. 그가 재빨리 화장지를
찾았다. 눈물을 닦아주려다 그건 아니다 싶었는지 내 손에 화장지
를 건넸다. 나는 눈물을 닦지 않고 다시 말했다.

"아내분과, 통화할 수 있을까요?"

내 못난 입은 왜 이따위 위로에 의지를 하려 했던 것일까? 신기
하게도 창피하지 않았다. 수치스럽지도 얼굴이 붉어지지도 않았
다. 기사는 주머니에서 휴대폰을 꺼내들었다. 결혼을 하면 생기는
버릇인 단축번호 1번을 길게 눌렀다. 신호가 가고 그의 아내가
전화를 받았다.

"여보. 나 지금 손님을 태웠는데, 당신과 통화를 하고 싶대. 얼
굴은 모르지만 당신도 잘 아는 사람이야. 잠깐만."

기사는 나에게 핸드폰을 전달했다. 나는 단번에 여보세요, 라고
소리를 냈다. 상대편에서 다짜고짜 아이고야! 라며 먼저 통곡하기
시작했다. 상대의 서러운 목소리에 내 눈은 제 기능을 상실했다.

눈물을 넘어선 대성통곡이 이어졌다. 아무 말도 필요 없었다. 이렇게 마음껏 우는 것만으로도 큰 의지와 힘이 되고 있었다. 나와 같이 울어주는 누군가의 울음소리만으로 위안이 되고 있었다. 기사가 속도를 천천히 낮췄다. 가족조차도 위로가 될 수 없는 현실이었다. 오히려 내가 주축이 되어 모두에게 힘을 불어 넣어야 하는 상황이었다. 이럴 때 얼굴도 모르는 누군가의 위로가 이렇게 크게 다가올 줄은…… 나는 앞뒤를 잘라먹고 지금의 힘겨움을 이야기하기 시작했다.

"힘들어요. 그이가 돌아오지 않는 하루하루가……"

"아이고……. 아이고……."

"그이 핸드폰 배터리가 다 되어 버렸어요. 그래서 라디오를 저녁 10시마다 들어달라 했어요. 벌써 하루가 지났는데 라디오에서는 아무런 이야기도 나오지 않아요. 그래서 지금 서울을 가고 있어요. 직접 가서 이야기하면 그래도 들어주지 않을까 해서요. 들어주지 않을까 두려워요. 그이에게 어떻게 해서든 소식을 전해야 하는데. 그래야 그이에게 실오라기 같은 의지라도 함께할 텐데……. 너무 힘들어요."

"괜찮아요. 울어요. 그냥 우리 울어요. 나한테 다 말하면서 그냥 울어요. 내 딸자식보다 조금 언니일 텐데. 내가 엄마라고 생각하고 그냥 울어요. 친한 이모라고 생각하고 울어요."

나의 눈물샘은 고장나 버렸다. 펑펑 쏟아내는 눈물 속에 나는 주절주절 가슴속 보따리를 풀어냈다.

"그이가 많이 힘들어 해요. 패닉상태라고 갇혀 있는 사람들에게 오는 현상이 있대요. 그게 왔었어요. 죽고 싶을 만큼 힘들었어요. 나는 소리쳤어요. 위로를 줘도 모자랄 판에 병신같이 화를 내고 소리를 질렀어요. 두려웠거든요. 그이가 죽을까 봐. 정말 죽을까 봐 너무 두려웠거든요."

상대와 나는 마치 경쟁하듯 흐느꼈다. 서로의 울음소리가 어울림을 이루었다. 운전을 하는 기사의 주름진 얼굴에도 눈물이 범벅되어 있었다.

"서울에 가면 꼭 내 사정을 들어줘야 하는데. 방송국에서 내 이야기를 그이가 듣게 꼭 들어줘야 하는데. 어떡하죠? 안 들어주면 어떡해요. 우리 약속했단 말이에요. 하루의 이야기를 꼭 들려주겠다고. 꼭 터널에서 안전하게 나오겠다고. 내가 먼저 약속을 지키지 않으면 그이도 약속을 지키지 않을 것 같아 두. 려. 워. 요."

"……"

"어떡하죠? 나 이럴 땐 어떻게 해. 야. 하. 죠?"

가슴의 응어리가 씻겨 내려간 기분이었다. 상대는 나에게 어떠한 의견도 내놓지 않았다. 그저 함께 울어줄 뿐이었다. 울고 울고 또 울고. 그렇게 시간이 지나갈수록 마음은 가벼워졌다. 눈물바다 속에서 목동에 위치한 방송국에 다다랐다. 나는 고맙다는 말과 함께 전화를 기사에게 건넸다. 잠시 아내의 말을 듣던 기사는 전화를 끊고 방송국 지하주차장으로 내려가기 시작했다. 내가 여기에서 내려주시면 돼요, 라고 말하자 그가 말했다.

"아내가 같이 올라가래요. 말했잖아요. 아내의 선물."

기사는 안전하게 주차한 뒤 나와 함께 로비로 올라갔다. 로비에는 TV에서 보았던 많은 사람들이 커피를 마시거나 바쁘게 엘리베이터를 타고 올라갔다. 기사와 나는 주변을 두리번거렸다. 기사가 보안요원이 지키고 서 있는 곳을 가리켰다.

"저기가 라디오 방송국인 것 같아요. 제가 물어볼 게요."

말이 끝나자마자 기사는 빠른 걸음으로 보안요원들에게 다가갔다. 무슨 실랑이를 하는지 각자 말을 하기에 바빠 보였다. 내가 천천히 다가갔다. 다섯 걸음 정도를 남겨 놓고부터 이야기가 어떤 내용인지 알 수 있었다.

"왜 안 된다는 겁니까? 사연을 좀 방송해 달라 부탁 좀 하자는데 왜 못 들어가게 해요? 우리가 여기까지 오는 데 얼마나 걸렸는지 아세요?"

우리. 우리라. 우리라는 단어를 사용한 적이 언제였을까? 엄마와 아빠. 그리고 내가 가족이었을 때 우리였다. 나와 남편 수진이가 가족이 되었을 때 우리였다. 우리. 우리라는 단어의 생소함 속에 잔잔한 물결이 가슴속에서 일어나기 시작했다. 처음으로 타인의 누군가가 나를 포함한 우리라는 단어를 사용했다. 함께 공유하는 사람들. 아픔을 나눠 갖는 사람들. 바로 우리.

"안 됩니다. 그 프로 작가님들이나 PD도 아직 나오지 않았어요. 8시나 돼야 나오신다고요. 그리고 관계자 이외에는 출입을 금지

합니다.”

“무슨 방송국이 이래요? 먼 곳에 있는 남편에게 매일 편지 좀 보내자는데. 그것도 안 들어줍니까?”

기사는 막무내기였다. 내가 슬며시 다가가 그의 등을 방패삼아 이야기했다.

“제 남편이 터널에 갇혔어요. 배터리가 없어요. 유일하게 소식을 들을 수 있는 방법은 라디오뿐입니다. 주파수가 잡히지 않아 이곳 방송만을 들을 수 있대요. 살려 주세요. 우리 남편. 살려 주세요.”

갑자기 사방이 고요해졌다. 때마침 옆으로 지나가던 낯익은 누군가가 내 이야기를 들었다. 유명한 개그맨이었다. 라디오진행 때문에 들린 듯했다. 가끔 남편과 주말에 나들이를 갈 때면 들을 수 있는 목소리의 주인공이었다. 개그맨이 걸음을 멈췄다.

“혹시, 터널 사고를 당하신 가족분이세요?”

나는 물에 빠진 사람이 되었고 개그맨은 나에게 줄을 던져주는 은인이 되었다. 나는 재빨리 고개를 끄덕였다. 그가 내 손을 덥석 잡았다.

“배터리가 다 되신 겁니까? 벌써 20일이 다 되어 가지요?”

개그맨은 자기를 호위하고 있던 매니저를 시켜 따뜻한 커피를 사오라 했다. 그가 보안요원에게 말했다.

“내가 모시고 들어갈 게요.”

개그맨의 손에 이끌려 기사와 나는 함께 라디오 방송국 안으로 들어갔다. 엘리베이터를 기다리며 그가 말했다.

"밤 10시 프로면 제 선배가 진행하는 코너인데. 저와 함께 일단 들어가서 기다리죠. 제가 연락을 해 보겠습니다."

개그맨은 바로 핸드폰을 열어 누군가와 통화를 시도했다. 그가 형 아직도 자고 있어? 라고 소리 높여 이야기하기 시작했다. 꽤 친한 사이인지 안부를 묻기도 전에 바로 본론을 이야기했다. 터널 사건을 이야기하자 통화하는 상대도 알고 있는지 이야기의 진행이 빨랐다. 그가 지금 사고 구조자 아내분이 와 있어. 잠깐 와줬으면 하는데, 라고 말했다. 긴장감이 흘렀다. 그가 알았어, 라고 말하며 전화를 끊고는 나를 바라보았다. 나는 그를 뚫어져라 쳐다보았다. 그의 입에서 미소가 번지는 순간 나도 웃고 기사도 웃을 수 있었다.

"지금 오신답니다. 얘기가 잘 될 거 같아요. 잠시 제가 방송하는 라디오 듣고 계세요. 금방 오실 테니까. 스튜디오로 같이 가시죠."

친절한 호의. 나에 대한 동정이었을까? 상관없다. 동정이든 그 어떤 싸구려 감정이든 나는 모든 걸 감사하게 받아들여야 했다. 스튜디오에 우리가 들어가자 개그맨은 나를 활기차게 소개했다.

"터널 사건의 가족분이십니다."

뒷말은 없었다. 모두가 나에게 인사를 건넸다. 나도 모르게 고개가 숙여지고 자리를 잡아 조용히 앉았다. 사전 리허설 없이 곧 바로 생방송이 진행됐다. 작은 부스에 들어간 개그맨은 헤드셋을 끼고 광고가 나오는 시간 동안 미리 준비한 오프닝 멘트를 중얼거리며 읽었다. 광고가 끝남과 동시에 그는 화창한 날씨와 찌는 듯한 무더위에 대한 이야기를 재미있게 이야기하기 시작했다. 그가 갑자기 말을 멈췄다. PD도 작가들도 당황하며 그에게 말을 하라 손짓을 해 보였다. 그는 나를 바라보았다.

"여러분. 손님이 와계십니다."

개그맨의 목소리는 조금 전과는 달리 낮게 깔려 있었다. PD가 나를 매섭게 뒤돌아보았다. 나는 신경 쓰지 않고 개그맨을 바라보며 다음 이야기를 기다렸다. 그가 차분하게 이야기했다.

"터널이 무너진 사건. 20일이 지났습니다. 지금 그의 가족인 아내분이 찾아와 계십니다. 남편의 핸드폰 배터리가 다 되어 연락을 할 수 없어 이렇게 찾아왔다고 합니다. 라디오 주파수도 저희 방송만 들을 수 있을 정도로 신호가 약하다고 합니다. 부탁드리고 싶습니다. 여러분 신을 믿습니까?"

나를 매섭게 노려보던 PD가 개그맨의 멘트에 집중했다. 작가도, 함께 온 기사도 안에 있는 모두가 그의 이야기를 기다리고 있었다. 라디오를 듣는 사람들도 그럴까? 우리와 같이 그의 목소리에 집중하고 있을까?

"신을 믿지 않으신다고 해도 오늘만큼은 믿어주십시오. 그리고 우리 모두 기도를 드렸으면 합니다. 평범한 가정이었습니다. 단란하고 행복한 가정이었습니다. 여러분, 우리 기도를 함께했으면 합니다. 나와는 상관없는 누구지만 오늘만큼은 우리가 하나가 되어 기도했으면 좋겠습니다. 오늘까지 정확히 19일이 지났습니다. 19

일. 죽음의 경계에서 생사를 오고가는 그를 위해 기도했으면 합니다. 아무런 잘못도 없는, 그저 가족과 함께하려는 가장이었습니다. 딸이 커가는 모습에 기뻐하고 아내와의 저녁만찬에 즐거워하는 세상에 흔하디 흔한 가장이었습니다. 흔한 그이지만 소중합니다. 흔하기에 더욱 절실하고 소중합니다. 우리 1분만 기도했으면 합니다. 1분 동안 아무런 소리가 나지 않아도 우리의 가슴은 수많은 이야기를 할 것입니다. 오늘 일에 대해 징계를 당한다 하더라도 후회하지 않습니다. 여러분의 비난이 찾아온다면 달게 받겠습니다. 어느 신이 되었든 상관없습니다. 우리 가슴을 하나로 모아주십시오. 오늘만큼은 각자의 신들도 하나가 되길 원하며 화해할 것입니다. 서로를 믿지 않는다. 벌하지 않고 손을 잡고 수많은 사람들과 같이 하나가 될 것이라 믿어 의심치 않습니다. 기도하겠습니다."

침묵이 흘렀다. 고요함 속에 PD가 눈을 감고 손을 모았다. 작가들이 자리에 조용히 앉아 머리를 숙였다. 그 누구도 입을 열지 않았다. 1분이라는 시간은 결코 길지 않았다. 어느 작가가 먼저 아멘, 이라는 소리와 동시에 눈을 떴다. 하나둘 눈을 뜨고 나를 바라보았다. 개그맨은 오랜 시간 기도를 드리고 눈을 뜨며 밝은 소리를 내었다.

"돌아오실 겁니다. 남편분, 꼭 돌아오실 겁니다."

왠지 모르게 강한 믿음이 생겨났다. 안에 있는 많은 사람들이 내 곁으로 모여 위로의 말을 전해 주었다. 나는, 혼자가 아니었다.

프로그램 게시판은 실시간 댓글로 넘쳐났다. 문자도 연달아 이어졌다. 어느 사무실에서는 단체로 기도를 했다고 했다. 몰래 듣고 있었는데 자신과 같이 도둑 라디오를 청취하는 직원들이 기도를 드렸다고 했다. 어느 주유소 사장은 라디오를 듣다 기도를 올리는데 직원들과 주유소를 찾은 손님들이 약속이라도 한 듯 1분이라는 시간을 간절하게 빌었다고 했다. 도로에서는 파란불이 바뀌어도 출발하지 않는 차들로 1분 동안 클락션 소리로 요란했다고 했다.

나만이 원하는 바가 아니었다. 가족을 이룬 모두의 소망이었다. 가족이라는 터울을 가진 세상 모든 이들이 그이가 살아 돌아오길 바라고 있었다.

나는 개그맨과 기사를 대동하고 방송국 직원 휴게소를 찾았다. 밤 10시 코너를 진행하는 DJ가 먼저 와 있었다. 그는 나를 보며 반갑게 인사했다.

"저도 기도를 드렸어요. 꼭 무사귀환하실 겁니다."

악수를 청하는 DJ의 손은 나에게 힘을 전달하려는 듯했다. 나역시 강하게 힘을 쥐고 악수를 했다. 개그맨이 커피를 타왔다.

"조금만 기다려 주세요. 저희 프로 방송작가들과 PD도 지금 들어오고 있습니다. 사연을 보냈어요? 왜 우리가 못 봤지?"

DJ는 게시판을 소홀하게 본 자신을 책망하듯 말했다.

"힘들게 버텨내고 있어요. 우리는 괜찮지만 그이는 얼마나 외롭겠어요. 혼자 19일이나 지내왔습니다. 기력도 쇠진됐을 테고 1

분 1초가 힘겨울 겁니다. 위로를 주고 싶어요."

"걱정 마세요. 작가들과 PD들 하고 이미 이야기가 다 됐어요. 10시에 라디오 들으시라, 한 거죠?"

나는 긍정적인 DJ의 이야기에 강하게 고개를 끄덕였다.

"오프닝 멘트로 쓰는 게 좋겠어요. 밤 시간이니 상관없을 겁니다. 제가 어떻게 해서든 밀어붙이겠습니다. 대신 눈물은 그만 흘리세요."

물도 많이 마시지 않았는데 이 두 눈은 어떻게 하염없이 눈물을 만들어 낼 수 있는 것일까? 나도 인지 못하고 있었다. 눈물은 마르지도 않는가 보다. 나는 재빨리 눈물을 훔쳤다.

"살아있잖아요. 기운 내셔야죠."

개그맨이 거들었다. 참아야 했는데, 꾹 참고 흘리지 말았어야 했는데 결국은 또 못난 눈물이 흘러내렸다. 감정에 북받친 말도 아니었는데. 사실을 나에게 전한 것뿐인데.

"몰라요. 하루 동안 연락이 없었어요. 살았는지 죽었는지 궁금해서 미칠 지경이에요. 살아있겠죠? 살아있는 거겠죠?"

오히려 그들에게 내가 질문했다. 누구라도 살아있다 대답해 주길 바랐다. 그들은 약속이나 한 듯 동시에 말했다. DJ, 기사, 개그맨. 모두의 입이 같은 소리를 내었다.

"살아있습니다."

기사가 말에 살을 덧붙였다.

"구조가 될 날을 기다리며 이겨내고 있을 겁니다. 아니, 이겨내고 있습니다. 분명 구조될 날만을 손꼽아 학수고대하고 있을 겁니다."

모두가 믿고 있다. 그이가 살아있을 것을. 나를 생각하고 수진이를 생각하며 용감하게 죽음과의 사투를 이겨내고 있다 믿고 있다. 정작 불신한 사람은 나 혼자였다. 사랑하기에 커져가는 불안의 불씨를 많은 사람들이 꺼주고 있었다.

이정수.
그제 아내가 들어 보라 한 라디오에서는 아무런 소식도 없었다. 무슨 일이 생긴 걸까? 라는 심경이 찾아들었다. 불안했다. 초조하고 답답했다. 분명 10시에 들어 보라 했었는데 나에 대한 언급조차 없었다. 뜬눈으로 밤을 지새웠다. 혹시 시간대를 잘못들은 것은 아닌지 오전부터 열심히 라디오프로를 시청했다. 뉴스 이외에는 나에 대한 언급이 전혀 없었다. 뉴스는 절망만을 선물했고 나는 며칠 전 다짐과는 다르게 도로 부정적인 사고를 하게 되었다. 그래도 들어야 했다. 염병할 희망이라도 나는 부여잡아야 했다. 내가 분명 잘못 들었다 생각했다. 저녁 10시가 아닌 오전 10시일 수도 있다. 10시라는 시간 자체를 잘못 들었을 수도 있다, 라는 최면으로 끊임없이 라디오에 열중했다. 기계음들은 그제 들려온 위치에서 벗어나 아래쪽으로 내려가고 있었고, 반대편에서도 기계소리가 들려오기 시작했다. 기계소리에 제대로 집중할 수 없었다. 벌써 12시인가? 기계음이 갑자기 뚝 멈춰졌다. 점심시간이 찾아온 것이다. 나는 조용해진 공간 속에서 더욱 라디오에 집착했다. 자정을 알리는 라디오는 새로운 프로의 시작을 알려왔다. 무더운 날씨에 대한 개그를 선보이며 오프닝이 시작되었다. 아내와 주말에 자주 듣던 라디오였다.

— 짜증나~는 더위 속에서도 스팸문자를 돌리며 대한민국 미래의 사채시장을 이끌어 가시는 분들. 오늘 같은 날은 살인납니다. 열심히 일한 당신이여! 떠나라!

여전히 입담 좋은 개그맨이었다. 나와 아내는 웃음 포인트도 똑같았다. 아무 말 없이 라디오를 듣고 갈 때도 우리는 동시에 풋! 하고 웃는 일이 다반사였다. 아마도 아내가 라디오를 듣고 있다면 이 시점에서 웃음이 터졌을 것이다.

라디오가 주파수를 잡지 못한 건가? 갑자기 진행자의 말이 뚝 끊겼다. 이보다 재수없을 수는 없다는 한탄으로 급하게 자리를 옮겨보려 했다. 다행히도 주파수가 잡히지 않는 것이 아니었다. 다시 진행자의 목소리가 들려왔다. 이런 실수를 한 번도 해 본 적 없는 베테랑이 의외다, 라는 생각으로 도로 자리에 앉았다.

세상에! 이렇게 즐겁고 재미있는 사람이 또 있을까? 진행자의 목소리는 낮게 깔려 있었지만 나에게는 어떠한 개그보다도 즐거운 멘트가 들려오고 있었다. 아내가. 내가 사랑하는 사람이 직접 그곳을 찾아간 것이다. 진행자는 나를 위한 기도를 모두가 아울러

하자 했다. 라디오 게시판에 올라온 숱한 사연들이 나를 위해 기도를 한 사람들의 이야기로 가득했다. 진행자가 내가 듣고 있다는 것을 느꼈는지 힘차게 말했다.

― 지금 듣고 계시죠? 이겨내셔야 합니다! 청취자분들이 기도까지 드렸으니 안에서 힘들어 하시면 저한테 죽습니다. 안전하게 구출되신 다음에 반드시 저한테 죽으세요! 약속하세요! 아내분께서 어제 사연을 보냈는데 방송이 안 되어 직접 찾아오신 겁니다. 오늘부터는 밤 10시에 꼭 방송이 될 겁니다. 그러니까 걱정 말고 한숨 주무세요! 딱 보아하니 잠도 못 자고 찔찔 짰을 거 같은데. 빨리 라디오 끄고 주무세요. 잘 자라 우리 아가~

웃음이 나왔다. 귀신같이 알아맞힌 진행자의 노련미에, 아내가 바로 옆에 있다는 흡족한 착각 속에 내 가슴은 만족으로 가득 채워지고 있었다.

언제 잠들었던 것일까? 구조되어 아내에게 기쁨의 비명을 지르는 꿈을 꾸었다. 피식피식 웃음이 나왔다. 이게 꿈은 아니겠지? 라는 의심과 함께 눈을 떴다. 아직 어둠이다. 짙은 어둠은 아직도 나를 집어삼키고 있다. 나는 우울함에 빠져 있을 겨를이 없었다. 빠른 동작으로 시동을 켰다. 10시가 넘었나? 라는 조바심이 절망 따위를 찾아오지 못하게 만들었다. 시계는 9시 30분을 향해 달려가고 있었다. 나도 모르게 휴! 하고 안도의 숨이 내쉬어졌다. 신나는 음악을 마음껏 만끽했다. 우울한 발라드는 사랑의 세레나데로 들려오고 있었다. 이별 노래마저도 나는 그래도 사랑하는 사람과 살아가니 복받은 놈이구나! 라는 긍정이 동행했다. 시간은 더디게 흘러갔다. 8시에 시작해서 10시에 막을 내리는 이 프로를 꽤나 재미있게 들었었는데 오늘만큼은 지루했다. 빨리 10시가 되길 바라며 눈이 자꾸 시계로 향했다. 드디어 프로가 종료되고 광고가 나오기 시작했다. 무슨 광고를 이렇게 많이 집어넣는지 방송국에 항의전화를 하고 싶었다. 나가면 반드시 항의전화를 해야겠어, 라고 다짐했다.

10시를 알리는 모 회사의 광고와 함께 DJ의 달콤하고 낮은 음성이 전달됐다. 아내다! 아내가 보낸 하루의 편지가 들려온다. 눈물이 났다. 슬픔이 아닌 감격의 눈물이었다. 아쉬운 점이 있다면 아내의 목소리가 아닌 굵직한 남자의 목소리라는 것뿐이었다.

— 여보, 듣고 있지? 낮에 했던 방송도 들었으려나? 어제 사연을 보냈는데 방송이 되지 않아 직접 찾아왔어. 방송국 사람들이 앞으로 당신이 구조될 때까지 매일 이렇게 사연을 오프닝 때 방송해 주겠대. 오늘 많은 일이 있었어. 하루가 어떻게 갔는지도 모를 정도로. 무수히 많은 눈물을 흘렸던 날이기도 해. 절대 슬퍼서 운 게 아니야. 사람들이 나와 당신을 많이 응원해 주더라고. 기뻐서 울었던 날이야. 솔직히 당신과 연락이 닿지 않으니 답답했어. 생사조차 모르는 상황이 너무 힘에 부쳤거든. 그런데 사람들이 하나

같이 그러더라. 당신은 살아있다고. 구조될 거라고. 당신이 살아 있다는 사실을 가장 신뢰해야 할 내가 오히려 불신을 하고 있었다는 사실이 부끄러워졌어. 숱한 사람들이 우리를 응원할 거야. 그러니 절대 쓰러지지 마. 내가 매일 다이어트하라 했었지? 앞으로는 절대 그런 말 하지 않을게. 먹고 싶은 거 마음대로 먹게 해줄게. 자기가 좋아하는 삼겹살. 매일 밥상에 올려 놓을게. 충분히 그 안에서 배고팠잖아. 두 번 다시 배고픔으로 짜증나게 하지 않을게. 나도 이제 집으로 내려가야 돼. 오늘은 수진이를 데려올 참이야. 당신이 올 준비를 앞으로 해야겠어. 너저분한 방도 치우고 설거지도 하고 수진이 유치원도 보내야지. 화장실 청소는 하지 않고 있을 거야. 그건 당신 당번이잖아. 이번에 꽤 오랫동안 청소하지 않았으니 각오하고 와야 돼. 알겠지? 3분으로 요약을 하라고 했는데 할 말이 너무 많다. 그래도 이 3분을 우리 감사하게 생각하자. 여러 사람이 우리로 인해 희생하고 있잖아. 항상 준비하고 사랑하고 있을게. 빨리 와요. 내 사랑.

아내의 편지 내용이 끝나자 음악이 흘러나왔다. 아내와 내가 즐겨 부르던 '남과여'라는 노래였다. 나가고 싶은 마음이 굴뚝같았다. 당장이라도 뛰쳐나가 아내를 안아주고 싶었다. 갑자기 하나의 생각이 나를 덮쳐 왔다. 분명 아내도 이 노래를 따라 부르고 있을 거라는…….

"철부지 어린 소녀와 긴 여행을 떠나는 길."

나는 남자가 부르는 부분을 불러보았다. 여자가 부르는 부분은 분명 내가 사랑하는 아내가 부르고 있으리라. 굶주림은 사라졌다. 탄수화물이 부족해 오는 축 늘어진 근육들이 힘을 찾기 시작했다. 나는 목청껏 노래를 불렀다. 떨어져 있지만, 우리는 이 순간 함께 노래를 부르고 있다. 몸이 떨어진 것이지 마음은 언제나 하나다.

사랑하는 아내에게

이 글을 보는 날만을 목이 빠져라 기다리고 있어. 내가 돌아가는 날을 사람들이 기적이라 부르지 않았으면 좋겠다. 당연한 일이라 담담하게 받아들여줬으면 해. 세상 어느 아빠가, 세상 어느 남편이 사랑하는 가족을 두고 의지가 꺾인 채 죽음을 받아들일 수 있겠어? 이 정도는 아무것도 아니야. 우스운 일이라고. 내 사랑에 비하면 아주 가벼운 시련이야.

라디오를 들으니 자기의 얼굴이 눈에 밟혀. 예쁜 얼굴 상했으면 화낼 거야. 그러니까 로션도 바르고 화장도 예쁘게 하고 마중 나와야 돼. 벌써 부터 구조되었을 때 이야기할 인터뷰 내용을 상상해 봤어. 요즘은 탑을 쌓는 일 이외에 또 다른 낙이 되었거든. 분명 사람들이 어떻게 버텨냈습니까? 라고 물어볼 거야. 나는 당당하게 말하겠지. 사랑하는 사람들을 지키기 위해 버텨냈습니다, 라고. 그리고 아주 당연한 일입니다. 칭찬받을 일이 아닙니다. 남자로서 가장으로서 한 여자의 동반자로서 당연히 이겨내야 하는 싸움이었습니다. 쓰러질 수 없었습니다. 게임도 되지 않는 상대였습니다, 라고 말하며 멋지게 웃어줄 거야. 요즘은 샤워도 해. 터널이 기울었는지 물이 흘러내려가거든. 그래서 바위로 나만의 욕조를 만들었어. 아스팔트 때문에 물이 독성이 있는 것 같아. 몸에 두드러기 같은 게 생기기도 하거든. 그래도 씻지 않는 것보다는 훨씬 개운해. 나갈 때 지저분하면 동정표만 몰릴 거 아니야. 깔끔하고 늠름하게 나가서 카메라 제대로 받을 테니까 기대해. 살이 많이 빠지긴 했지만 배만 나왔던 예전보다는 훨씬 핸섬해 보이는 것 같아. 절대 낙망하지 않을게. 나갈 수 있다는 굳은 믿음만 존재할 수 있도록 노력할게. 아! 이런 생각도 해 봤어. 이렇게 편지를 하루하루 써나가다 보면 꽤 많은 분량이 나올 것 같아. 그럼 이 편지들을 묶어서 책으로 출판하면 어떨까? 아마도 굉장히 잘 나갈 거야. 내가 이래봬도 당신 편지로 꼬셨었잖아. 아! 옛날 기억이 새록새록 피어나는 것 같아. 미대에 갓 입학한 순진한 여자를 꼬신 늑대의 왕이 바로 나잖아. 선배랍시고 매일 불러서 일이나 시키고, 술이나 먹이고 오바이트할 때까지는 자리에서 일어날 생각하지 말라고 협박만 일삼았지. 자기도 기억나지? 어느 날은 자기가 엄청 취해서 나한테 대들었잖아. 이렇게 괴롭히지 말고 자기 좋아하면 좋아한다 말하라고. 좀생이같이 보인다고. 친구들도 같이 있는 자리에서 얼마나 창피했는지. 술에 취한 당신보다 내 얼굴이 더 벌겋게 달아올랐었으니까. 덕분에 우리는 공식 CC가 될 수 있었어. 그거 알아? 사실 나 군대 가기가 너무 두려웠어. 고무신 거꾸로 신는 여자들이 한둘이어야 말이지. 그리고 군대에 가면 당신이 지조를 지켰다고 해도 믿지 못할 것 같았거든. 내 예상은 완전히 빗나가 버렸지만 말이야. 그때 결심했어. 당신을 평생 받들고 살아야 되는 사람이 바로 나라는 걸. 입대하던 날, 당신은 휴학을 했고 내가 100일 휴가를 나올 때 조그마한 인사동 전시실을 빌려 전시회를 열었지. 그때의 감동. 아직도 잊을 수가 없어. 타이틀은 이정수. 오직 그대만을 위한, 이라는 이름이었어. 그림들은 모두 내 모습을 담고 있었지. 군대에 가면 마음이 약해진다는데 나도 그랬었나 봐. 바보같이 눈물만 뺐었잖아. 못난 얼굴이라 한 점도 팔리지 않았지만, 세상에서 가장 아름다운 기억일 거야. 이렇게 생각해 보니 한없이 미안해지고 있어. 당신 그림 하나는 끝내줬었는데 말이야. 교수님들도 하나같이 당신 그림에 극찬을 아끼지 않았었지. 극사실화가로 가능성이 뛰어나다고. 유학을 권유하는 교수님들도 많았었는데. 분명 내 잘못이야. 나는 유학을 가는 당신이 두려웠거든. 그래서 결혼을 서둘렀고 당신의 꿈을 양보하라 강요했지. 생각해 보면 정말 나는 이기적인 놈이었구나. 믿음도 부족했고 말이야. 당신은 끝까지 나를 이렇게 믿어주는데 나는 당신을 믿지 못했던 것 같아. 여기서 나가게 되면 말이야. 당신이 다시 그림을 그릴 수 있게 온힘을 다해서 밀어주고 싶어. 대신 유학은 수진이가 어느 정도 자립할 수 있을 때로 미루어줘. 우리 앞으로는 절대 떨어져 있지 말자. 유학을 가도 나와 같이 가는 거야.

내가 말했지? 기억은 과거를 머릿속에서 다시 한 번 살아보는 거라고. 떨어져 있는 시간 동안 우리 과거를 머릿속에서 거듭 살아보도록 하자. 그리웠던 그 시절을 새롭게 살아보는 거야.

잊지 말자.
우리의 지난 기억들을.
재차 살아볼 수 있는 과거를 우리 항상 기억하고 간직하자.

〈당신과 평생을 걸어갈 남편이〉

전문가.

19일. 짧지 않은 시간이다. 지금까지 생존하고 있다는 점이 나로서는 당황스럽기도 했다. 삼풍백화점이 내 첫 임무였다. 그때 17일을 생존한 19살의 소년이 최장시간을 기록하고 있었다. 언론은 새로운 기록 갱신에 환호했다. 이정수 씨는 벌써 19일째 생존을 이어가고 있다. 오줌과 비타민이 들어간 물만으로 버텨내고 있는 것이다. 사람들의 잔인성을 바라보고 있다. 생존에 대한 기대. 그것은 보잘것없는 인간들에게 대리만족을 안겨주고 있다. 그의 생존을 바라는 이유는 자신들과 같은 사람이 영웅으로 탈바꿈하는 순간을 즐기기 위해서이다. 쾌락을 선물해 줄 누군가가 바로 그인 것이다. 어느 언론에서는 그가 생존할지 안 할지에 대한 도박판이 벌어졌다고 전했다. 잔악함을 넘어선 끔찍함이 인간의 본성이던가?

어쩌면 나 역시 같은 이유일지도 모른다. 권력의 기생충과 같은 모습으로 살아온 내게 영웅의 탄생이 절실할지도 모르겠다. 힘없는 여자의 외침이 온 세상을 뚫고 나아가고 있다. 힘없는 남자의 생존에 나도 모르는 열정과 의지가 생겨나고 있다. 나 역시 보잘것없는 여타 다른 인간들과 바를 바가 없는 모습인 것이다.

암벽은 뚫었다. 열심히 파헤치고 파헤치지만 지독한 돌산은 쉽게 자신이 붙잡고 있는 이정수 씨를 놓아주지 않는다. 파면 팔수록 더 단단한 돌덩이가 가로막고 있다. 그는 얼마나 버틸 수 있을까? 그를 구하지 못한다면 비난은 과연 누구에게로 돌아갈까? 어쩌면 그의 아내는 동정의 대상으로 추앙받을지 모른다. 하지만 나는? 나는 과연 사람들의 시선에 어떻게 비춰질까? 아! 또 쓸데 없고 추악한 생각에 사로잡혀 버렸다. 나에게 중요한 것은 그의 생존이다. 그가 안전하게 세상의 빛을 볼 수 있도록 해야 하는 일이 나의 의무이자 신념이다. 머리가 다른 쓸데없는 잡동사니들을 만들어낸다 하더라도 절대 흔들리면 안 되는 사람이 바로 나인 것이다.

나는 새로운 경험들을 하고 있다. 이정수 씨와 그의 아내를 바라보니 내가 더 의지하고 싶어질 때가 있다. 내가 배운 학문적 지식을 모두 파괴해 버리는 그들을 보고 있노라면 내 머리에 대한 신뢰가 깨어져 버린다. 그는 아직 살아있을까? 먹지 못해서 분명 약해진 몸이 어느 순간 심장발작을 일으킬지도 모르는 일인데.

만약 땅을 모두 파헤쳐 그를 구하러 갔는데 차가운 시신만이 돌아오는 건 아닐까? 이곳 구조요원들은 조금씩 의지를 잃어가고 있다. 전화 배터리가 다 되었다는 소식이 들려온 이후, 그에 대한 생존 확률은 거의 제로에 가깝다 생각하고 있다. 작업속도를 올려보아도 구조에 대한 의지가 없는 이상 진척은 거의 없다. 하루 5미터의 굴도 파내려가기 힘든 실정이다. 그래도 이 속도대로 가준다면 10일은 넘기지 않을 것이다. 그때까지 그가 살아남을 수 있을까? 29일이다. 29일 동안 먹지 못하고 살아남을 수 있는 것일까? 3일 동안 배부르게 먹었으니 26일이라 생각하자. 비타민과 기본적 영양제로 버틸 수 있는 시간은 평균적으로 고작 15일 정도가 최대치이다. 그럼 오늘이 고비이다. 그는 뭘 하고 있을까? 힘없이 잠이 들어 깨어나지 못하는 것은 아닐까?

작업이 끝나고 자료들을 모아보았다. 최장시간 사람이 갇혀 있을 때 기록들을 자세하게 수집하였다.

삼풍백화점 사고만을 예로 들기란 억울했다. 어떻든 긍정적으로 생각해 보려 애썼다. 인간에게 가장 중요한 것은 물과 음식이다. 물과 음식이 없이 최장시간을 버텨온 사람은 허리케인 카트리나의 최대 피해지역인 뉴올리언스 자택에서 갇혀 있던 70대의 한 노인이다. 삼풍백화점이 무너졌을 당시 19세 아이와 비슷한 기록을 가지고 있지만 나이를 따져보았을 때 대단한 기록인 것이다. 음식을 섭취하고 물을 섭취했을 상황을 찾아보았다. 아이티지진 발생 27일 만에 구조된 실린 에반 오시니아가 최장시간 생존기록을 가지고 있었다. 약간의 물만으로 버텨냈다는 점은 대단한 인간 승리였다. 그렇다면 그도 그 정도는 견뎌낼 수 있을까? 적어도 비타민이 든 물과 소변을 먹으니 버텨낼 수 있지 않을까?

제발 우리가 갈 때까지 잠들지 말길.

아내를 위해서 딸을 위해서. 그리고 나를 위해서.

08

정의란 무엇인가!

― 어제와 오늘 연이어 구급차가 돌아가는 바람에 안타까운 두 명의 사상자가 나왔습니다. 터널 구조작업으로 보수를 하지 못하고 있는데요. 빠른 길마저도 터널 구조작업 현장 인근이라 통제되고 있는 가운데 벌어진 안타까운 사건이었습니다.

이정수가 갇힌 지 25일째. 여론이 급격하게 변해 갔다. 그제와 어제 벌어진 사건 때문이었다. 원자력발전소가 위치한 한적한 시골마을에서 어르신들이 연이어 뇌졸중으로 쓰러졌다. 인근 병원은 터널이 생기고 30분이면 갈 수 있었다. 터널을 지나치지 않고서도 갈 수 있는 도로가 있었지만 그 도로마저도 터널의 붕괴위험으로 차량진입이 제한되고 있었다. 터널과는 별 상관없어 보이는 도로였지만 터널 바로 옆에 위치한 도로이며 터널 입구에서 바로 전용도로를 이어지게 설계되어 있어 터널의 붕괴위험 요소로 제기되고 있었다. 차량통제로 인하여 시골마을 주민들은 불편이 많았다. 작은 병원에서는 해결할 수 없는 병을 늘 안고 있는 고령화된 주민들을 위해 만들어진 도로와 터널이 통제되니 불만도 많았다. 하지만 쉽게 이야기할 수 없던 여론의 형성으로 주민들은 가슴앓이를 해야 했다. 긴장을 가득 담고 있던 주민들이 드디어 봉기를 시작했다. 마을 어르신들의 안타까운 타계로 마을 이장이 방송에 모습을 드러냈다. 뉴스와의 인터뷰 도중 그는 분통을 터트렸다. 한 사람의 생명도 중요하지만 우리는 둘이나 되는 소중한 목숨을 잃어야 했습니다. 과연 죽었는지 살았는지도 모르는 사람을 구조하는 일이 옳은 겁니까! 라고 절규하는 이장의 호소력 짙은 목소리는 여론을 움직이고 있었다. 인터넷 포털상에는 많은 의견들이 분분했다. 연락이 끊긴 지 오랜 시간이 지났다. 어느 구조요원은 방송에 나와 사람이 버틸 수 있는 시간은 이미 지나갔다 말하고 있었다. 그래도 살려야 한다는 의견과 연로하신 어르신들을 이대로 방치할 수 없다는 의견이 팽팽하게 맞섰다. 방송사들은 기존에 편성되었던 토론프로그램의 주제를 재빨리 바꿔 버렸다. 인명의 구조 의무와 기본 권리를 박탈당한 마을 주민들에 대한 토론이 줄을 이었다. 사망사건이 2건이나 나오자 사람들은 생명을 개수로 생각하기도 했다. 두 개와 한 개 어떤 쪽이 더 소중하냐는 말이 오고갈 정도로 여론은 과열되었다. 급격하게 변하는 여론은 양 갈래로 나뉘어 줄다리기를 시작했다. 어느 쪽의 논리도 모두 옳았다. 어느새 사람들이 피터지게 싸우는 양상이 되자 득을 보는 건 기존 잘잘못을 가려야 했던 시공사와 사업소였다. 사람들의 관심은 이정수와 마을 주민으로 옮겨지고 있었다. 어느새 시공사와 사업소의 과실은 사라지고 없었다. 원인과 그 결과물의 산물인 두 죄인은 도망가고 애꿎은 사람들이 선상에 올라와 있었다. 마치 폭행을 가한 범인들은 석방되고 피해자만이 남아 내가 더 많이 맞았다고 아무 죄 없는 상대에게 죄를 묻는 어처구니없는 모습이 연출되고 있었다.

여론은 도를 넘어가고 있었다. 마을 주민들은 약자의 대변인이 되어 있었다. 그들이 찾아간 곳은 김미진이 살고 있는 아파트라는 왕족의 성이었다. 아파트는 하루하루 인산인해를 이루었다. 기자들은 입구에서부터 진을 치고 카메라를 들이밀었다. 나이 많은 어르신들은 아파트 입구에서 터널의 보수를 즉각 시행하라 외치고 있었다. 왜 그들이 이곳으로 몰려왔는지 의문을 제기하는 사람은 없었다. 당연하다 생각했다. 터널을 보수하지 못하고 도로를 개방하지 않는 이유는 이정수가 그 안에 있기 때문이라 생각했고 그 누구에게 물어도 이정수를 구조해야 하기에 그렇다 대답하고 있었다.

김미진에게 동정표를 던지던 아파트 주민들에게도 변화는 일어났다. 매일같이 이어지는 농성에 주민들의 눈살이 찌푸려졌다. 힘없는 어르신들이 바닥에 앉아 있거나 끼니를 바닥에서 먹는 장면은 어느 누가 보아도 좋은 풍경은 아니었다. 카메라들은 자극적인 장면만을 담았고 올라오는 기사나 방송을 본 사람들은 어르신들의 처절히 투쟁하고 있는 모습에 마음 아파했다. 죽었을지도 모르는 사람을 위해 얼마나 많은 사람이 희생해야 하는가! 라는 댓글들이 인터넷에 넘쳐났다. 토론프로그램에서도 많은 지식인들이 생명에 대한 고찰과 철학을 이야기했다. 모두가 옳았다. 틀린 부분은 전혀 없었다. 이정수의 구조를 반대하는 쪽도, 찬성하는 쪽도 정의에 반대되는 입장은 전혀 없었다. 시공사와 사업소는 이 기회를 놓치지 않았다. 윤리의식 따위는 버려 버린 그들에게는 아주 좋은 기회가 제공된 셈이었다. 그들은 마을 주민들을 암암리에 이용했다. 그들에게 힘없는 어르신들의 안타까운 죽음은 굉장히 반가운 일이었다. 이장이 방송에 나와 인터뷰를 한 것도 그들의 속셈이었다. 먼저 자신들이 전면에 나서지는 않았지만 마을의 대표인 이장을 삼자를 통해 포섭했다. 마을의 어르신들은 생각지도 않는 여론에 억울하지 않느냐는 꼬임으로 이장을 살살 움직였다. 언론의 관심이 자신들에게 쏠리는 것보다는 힘없는 그들을 집중조명하게 하여 공세를 한 템포 늦추자는 생각이었다. 그들의 생각은 적중했다. 약자는 마을의 어르신들이 되었다. 강자는 홀로 이기적이게 자신의 남편만을 생각하는 김미진이 되어 버렸다. 물론 의견이 분분한 상황이었다. 누구의 편이 많고 누구의 편이 적은 것은 아니었다. 그래도 이 정도까지 여론을 분산시킨 시공사와 사업소의 작전은 성공적이었다. 이제 그들을 괴롭히는 여론은 존재하지 않았다. 정의란 무엇인가!에 대한 논쟁만이 가득했다. 책임 추궁에 대한 여론이 누그러지자 사실적 상황의 의견들보다는 철학이 난무했다. 시공사의 돈을 받아먹은 권력을 움켜쥔 노인들도 한숨을 돌렸다. 수를 쓸 시간은 벌어놓은 셈이니까.

김미진이 집 밖을 나가지 못하고 며칠째 집안에 틀어박혀 있었다. 수진이는 거실에서 혼자 만화를 보고 있었다. 대낮인데도 커튼으로 밖과 안을 차단하고 형광등으로 집안을 비추고 있었다. 매일 이어지는 농성은 그녀가 세상을 증오하게 만들기 충분했다. 앙상한 모습으로 그녀가 침대에 쭈그리고 앉아 있었다. TV 보던 수진이가 지루했는지 안방으로 와 그녀 옆에 앉았다. 그녀의 팔을 붙들고 수진이가 말했다.

"엄마 아빠 언제와? 생일 지났는데 왜 계속 안 와?"

어제도 물어 보고 그제도 물어본 말이었다. 김미진은 아빠가 회사일이 바빠. 아빠가 수진이 줄 선물 사러 멀리 가서 그래, 라는 말들로 이정수의 귀가가 미루어짐을 설명했다. 오늘은 또 무슨 말을 꺼내야 할지 눈앞이 캄캄했다. 그녀가 수진이를 끌어안았다. 수진이가 옆에 나뒹구는 그녀의 핸드폰을 손에 쥐었다.

"엄마 아빠한테 전화해봐. 언제 오냐고 물어 봐."

김미진이 수진이의 고사리손에서 핸드폰을 건네받았다. 그녀는 한참 수진이를 바라보았다. 수진이가 애타게 이정수에게 전화하기를 목이 빠져라 기다리고 있었다. 그녀는 단축번호를 길게 눌렀다. 전화기가 꺼져 있다는 멘트가 흘러나왔다. 그녀가 1번을 누르고 음성녹음을 하기 시작했다. 밝은 목소리를 내야 하는데 여간 고역이 아닐 수 없었다.

"여보, 나야. 언제와? 수진이가 전화를 해 보라고 해서 하는 거야."

그럴싸한 연기였다. 통화가 연결된 줄 아는 수진이가 핸드폰을 달라고 떼를 쓰기 시작했다. 이리저리 피하며 그녀가 이야기를 이어갔다.

"여보. 수진이가 바꿔달라는데. 아! 지금 바빠서 말을 못하는구나. 알겠어, 그럼 수진이 이야기 듣기만 해."

김미진이 수진이에게 핸드폰을 건넸다.

"아빠가 회사일이 바빠서 대답할 수가 없데. 그러니까 말하면 듣고 있다고 이야기하래. 자."

수진이는 뭐가 그리 신이 나는지 침대 위를 깡충깡충 뛰어다니며 대답 없는 핸드폰과 수다를 떨었다.

"아빠. 언제와? 빨리 선물 사가지고 와. 보고 싶어. 토요일이 벌써 세 번이나 지났는데 왜 안 와? 수진이 케이크랑 인형 빨리 가지고 와. 나 유치원도 안 가고 매일 집에 있는데 심심해. 아빠 오면 놀이동산 가자. 피카츄도 만나러가고 키티도 만나러가자. 빨리 와. 빨리. 빨리."

수진이가 빨리빨리를 외치며 더 힘차게 침대 위를 껑충껑충 뛰어다녔다. 김미진이 수진이에게서 전화기를 빼앗았다.

"여보 수진이가 빨리 오래. 피카츄 보고 싶다잖아. 키티 보고 싶다고 하잖아. 놀이동산 가고 싶다고 하잖아."

김미진의 목소리가 가늘게 떨려왔다. 4살의 어린아이. 아무것도 모르는 순진무구한 천사가 무슨 슬픈 생각이 찾아온 것일까? 대답 없는 핸드폰에 말을 하고 있는 그녀의 가슴에 수진이가 얌전히 앉아 얼굴을 묻었다. 그녀가 입술을 깨물고 말을 이었다.

"수진이가 선물이 궁금하다고 하잖아. 케이크가 먹고 싶다고 하잖아. 수진이가, 수진이가, 당신 보고 싶다고 하. 잖. 아."

사업소와 시공사에서 터널 구조현장에 사람을 파견했다. 도로공사의 높은 양반도 약속이라도 한 듯이 현장을 찾아왔다. 이른 아침부터 현장을 찾은 그들과 전문가와 부장은 입씨름을 하느라 진땀을 빼고 있었다. 그들은 살았는지 죽었는지 모를 사람으로 인해 흉물스러운 터널을 저대로 놔두었다가는 더 큰 피해자가 나올 거라 이야기하고 있었다. 당장 터널을 정비하고 폐쇄된 자동차 전용도로를 개통해야 한다 한 목소리를 내고 있었다. 부장과 전문가가 대뜸 버럭하며 결사반대를 외치고 나섰다.

"억지 노력해 봤자 가능성 없는 구조 아닙니까? 지금 사람이 견뎌낼 수 있는 한계를 넘었습니다. 가능성은 없습니다. 일단 터널부터 싹 밀어 버리고 새로 공사를 하는 방법이 그나마 여론을 잠재울 방법입니다."

도로공사에서 내려온 사람이 날카롭게 말했다. 전문가가 책상을 치고 일어났다.

"지금 무슨 되지도 않는 말을 지껄이고 있는 거야! 저 터널이 저대로 있으면 언제 또 당신들에게 불똥 튈지 몰라서 그러는 거 아니야? 이 자식들아! 저기 갇힌 사람이 누구 때문에 갇혔는지 잊은 거야? 당신들 때문이야! 당신들의 더러운 탐욕이 한 사람을 터널에서 죽음과 싸우게 만들었다고!"

"유족들에게 충분한 피해보상을 하기로 저희 회사에서 합의가 이루어졌습니다. 이만 포기하시는 게 좋을 듯합니다."

이번에는 시공사에서 내려온 사람이 거들었다. 부장의 눈이 살기를 띈 채 말을 뱉은 사람을 노려보았다.

"유족? 말 함부로 하지 마! 유족? 이 새끼가 돌아도 단단히 돌았고만! 이정수 씨는 살아있어! 살아서 구조를 기다리고 있다고! 어떻게 사람을 두 번이나 죽이려 하냐. 이 살인마 새끼들아!"

전문가와 부장은 흥분하며 펄펄 날뛰었다. 그에 비해 현장에 파견 나온 이들은 침착함을 잃지 않고 있었다. 사업소에서 나온 사람이 말했다.

"구조 담당자분들께서는 이미 판단력을 잃으신 것 같습니다. 저희는 가장 최선의 방법을 알려드린 것입니다. 현재 저희 사업소에서 파악하기로는 원자력발전소 부근의 어르신들 평균 연령이 68세입니다. 갑자기 병이 찾아온다고 해도 어색하지 않을 나이의 분들이란 말입니다. 그분들 때문에 터널도 개통한 거 아닙니까? 차선책이라 판단했고 위에서도 지시가 떨어진 상태입니다."

가만히 앉아서 커피를 음미하며 말하는 그들과 발을 동동 구르며 서 있는 전문가와 부장. 구조작업 70%가 진행된 상황에서 중단하라는 말은 이정수에게 사형선고를 내리는 일과 같았다. 아무 죄도 없는 한 사람에게 태연히 앉아 죽으라. 말하는 그들을 보자니 소름이 돋았다. 전문가가 그들을 바라보며 외쳤다.

"그래서 구조를 중단하라는 말인가?"

"……."

"당신들 입으로 이야기해. 구조를 중단하라고! 이야기해 봐!"

전문가의 말에 그 누구도 입을 열지 않았다. 그들도 사람이었다. 구. 조. 중. 단. 차마 입에서 떨어지지 않는 말이었다. 누군가를 죽여라 말하는 것과 같았기 때문이다. 입으로 살인을 저지르는 일과 같았기 때문이다. 억울한 한 생명을 빼앗는 일과 같았기 때문이다. 그들은 서로 책임을 회피하고 있었다. 그가 말했다.

"이봐들. 당신들도 살아있다고 믿고 있잖아. 그래서 말하지 못하는 거잖아. 당신들도 알고 있잖아! 이정수 씨가 살아있다는 걸 모두 알고 있잖아! 그런데 어떻게 사람들이 그러냐. 모르는 척! 아닌 척! 그럴싸한 말들로 포장하고, 어떻게 사람들이 그럴 수 있냐고 이 새끼들아!"

"……."

"니들 입으로 말해! 구조를 중단하라고! 니들이 직접 저기 구조 작업하는 이들에게 말해 보란 말이야! 살아있는데! 살아서 가족을 만나기 위해 안간힘을 쓰고 있는 사람을 그냥 죽여 버리라 이야기해 보라고! 구조만을 기다리며, 가족들에게 돌아갈 그 날만을 기다리고 있는 사람을 니들이 직접 죽여보라고!"

"……"

"느낄 수 있잖아. 살아있다는 걸 우리의 느낌이 말해 주고 있잖아! 그런데 어떻게 죽이자고 말하냐 이 개새끼들아!"

전문가가 흥분을 참지 못하고 앞에 있는 연필꽂이를 집어던졌다. 그 누구도 그의 행동에 화를 내거나 훈계를 하지 않았다. 아니, 할 수 없었다. 파견 나온 사람들은 도둑질을 하다 들킨 아이들이었고 그는 가게 주인과 같은 위치가 되어 있었으니까. 꾸지람을 듣는 그들의 입은 벙어리가 될 수밖에 없었다. 그가 터벅터벅 창문 쪽으로 걸어갔다. 무너진 터널을 바라보며 사람들이 들을 수 있을 정도의 소리로 중얼거렸다.

"살아있잖아. 저 안에서 구조를 요청하고 있잖아. 우리 모두 알고 있잖아. 이정수 씨가 살아있. 다. 는. 걸."

이정수의 귀가 즐거웠다. 기계소리가 하루가 멀다 하고 다른 곳에서 소리를 내고 있었다. 이제 얼마 남지 않았구나! 라는 감동의 희망이 그를 찾아왔다. 그가 쌓은 탑은 가슴 높이까지 와 있었다. 그 뒤로는 진척이 없다. 그는 며칠 사이 탑을 쌓는 일을 중단하고 있었다. 기력이 많이 떨어졌기 때문이다. 누워 있는 일 이외에는 아무것도 할 수 없었다. 물을 받아 마시는 일이 유일한 그의 행위가 되었다. 하루 종일 누워 기계소리에 집중했다. 1미터, 2미터, 조금씩 다른 방향에서 들려오는 소리만이 그에게 위안을 안겨주고 있었다. 그래도 하루는 금방 지나갔다. 즐거운 기계 소리가 끝나면 잠시 혼자만의 공상에 취해 머릿속으로 여러 삶을 살아본다. 구조됐을 때의 자신을 상상하며 나약한 모습으로 펑펑 눈물을 흘릴 것인지 강인한 모습으로 웃음을 보일 것인지를 그려보기도 했다. 시간은 총알보다 빨리 지나간다. 이런저런 공상으로 시간을 보내다보면 어느새 김미진의 하루를 들어야 하는 시간이 찾아온다. 그는 라디오를 들으며 하루하루 그녀에게 편지를 써내려간다. 하는 일도 없는데 무슨 할 말이 그리 많은지 편지를 쓰는 데만 한 시간을 훌쩍 넘겨버렸다. 기력이 없어 덜덜덜 손이 떨려오지만 가장 즐거운 순간이기에 편지를 쓰는 일만큼은 절대 포기하지 않았다.

　이정수는 앙상하다 못해 미라와 같은 모습이었다. 지방은 혹독한 다이어트 속에 남아 있지 않았다. 갈빗대는 선명하게 모습을 드러냈다. 골반은 양쪽으로 불쑥 튀어 올라와 있었다. 쇄골은 깊숙이 파여 도랑을 만들어도 될 정도였다. 인체의 신비를 공부하는 느낌이었다. 뼈만 남은 그는 이리저리 자신의 몸을 살펴보았다. 80킬로나 나가던 그의 몸은 아마 40킬로그램도 되지 않을 것 같다. 머리는 영양분이 부족해서인지 자꾸만 빠지고 있었다. 손톱도 더디게 자라는 것 같았고 심장소리는 점차 귀와 가까워지고 있었다. 몸을 움직이지 않는 방법이 유일한 생존방법임을 자연스럽게 터득했다. 신진대사를 최소한으로 하고 잠으로 시간을 보내는 일이 생명 연장에 도움이 된다는 것을 본능이 일깨워 주었다. 물을 가득 배에 집어넣어도 허기는 사라지지 않은 지 오래되었다. 상상의 나래를 펼칠 때 먹을 것을 생각하지 않으려 했지만 허기는 강제적인 상상을 끄집어냈다. 몇 번이고 쉰내가 나는 케이크를 바라보았다. 자신도 모르게 손이 케이크를 향해 돌진할 때도 있었다. 그때마다 자신의 따귀를 때리며 배고픔을 억눌렀다. 케이크도 하나의 의지가 되어 주고 있었다. 수진이에게 생일 케이크를 전달해야 한다는 의무는 또 다른 생명 연장의 방법이기도 했다.

오늘도 벌써 기계음이 두 번 멈춰졌다. 저녁이다. 잠깐 휴식을 취하며 긍정적 상상을 하다 보면 금세 김미진의 하루 소식을 들을 수 있을 것이다. 그는 눈을 감았다. 아니, 요즘은 눈을 뜨는 일이 거의 없다. 눈을 뜨나 감으나 별다를 것도 없을뿐더러 눈꺼풀을 들어올리는 일도 힘에 부쳤다. 잠이 오지는 않았지만 혹시 라디오를 듣지 못하고 잠에 빠져들까 봐 그는 힘겨운 가운데에서도 5분에서 10분마다 한 번씩 눈꺼풀을 들어올렸다. 자신의 살점이 이렇게 무거웠는지 처음으로 깨닫는 순간이었다. 오랜 시간 명상에 빠져 있다 보면 심장소리 이외에는 아무 소리도 들려오지 않는 때가 찾아온다. 그럼 그는 자신이 살아있음을 느끼며 쿵쿵하고 뛰고 있는 심장소리에 집중했다. 손가락으로는 초를 세고 귀는 심장이 60초에 몇 번을 뛰는지 세어나간다. 어제까지만 해도 30회 정도 뛰었던 심장은 오늘은 28번에서 29번을 뛰고 있었다. 평균 40회에서 50회를 뛴다는데 그는 자신의 육신이 지쳐 가고 있음을 느끼고 있었다. 그렇다고 절망하거나 좌절하지 않았다. 그래도 살기 위해 느린 박동이라도 해 주고 있는 심장의 경이로움에 감사를 표했다. 심장을 느끼며 눈을 감았다 뜨기를 여러 번, 그가 자동차에 시동을 걸었다. 이제 얼추 김미진의 하루를 소개하는 시간을 직감으로 알아 맞힐 수 있을 정도가 되었다. 그가 힘겹게 자리에서 일어나 구석에 쭈그리고 앉았다. 머리를 들 힘도 없는지 무릎에 이마를 가져다 대고 있었다. 라디오는 어김없이 그녀의 하루 일과를 알려주고 있었다. 잔잔한 음악과 함께 DJ는 그녀의 편지를 읽어 내려갔다.

— 사랑하는 여보, 오늘 많은 일이 있었어. 수진이와 함께 당신의 꺼져 버린 전화기에 전화를 했지. 수진이가 아빠가 보고 싶다며 전화를 해달라는 거야. 처음에는 어떻게 해야 하나 고민했지만 그럴 싸한 연기로 아빠가 바빠서 대답을 못한다며 다 듣고 있으니 이야기 하라고 핸드폰을 건네줬어. 뭐가 그렇게 좋은 걸까? 수진이가 침대에 서 펄쩍펄쩍 뛰며 당신에게 이야기를 하는데 나도 기분이 좋아지더라. 수진이가 케이크와 선물 꼭 챙겨 오래. 그리고 당신하고 놀이동산 놀러가고 싶대. 피카츄와 키티를 만나고 싶대. 그리고 보고 싶대.

이정수는 베개로 사용하고 있던 수진이의 선물인 인형을 힘없이 끌어안았다. 눈물도 말라버릴 정도로 떨어진 체력은 흐느낌마저도 허락하지 않았다. 인형을 안고 있는 것조차 버거울 정도로 그는 지쳐 있었다. 편지는 계속 이어졌다.

— 여보, 당신은 절대 비난받으면 안 되는 사람이라는 걸 알아 줬으면 해. 사람들이 당신을 응원하기도 하지만 그렇지 않은 경우

도 분명히 있거든. 당신 잘못이 아니야. 부실 공사를 한 시공사의 책임이고 그걸 방관하며 나 몰라라 한 사업소와 공사대금을 빼돌려 탐욕을 채운 누군가의 책임이지. 터널이 무너지고 나서 책임논란이 불거져 나왔거든. 당신은 무조건 피해자야. 우리 가족은 어떠한 이유를 들어도 피해자인 거야. 빨리 당신이 나와서 우리의 소중한 시간을 빼앗아버린 사람들에게 통쾌한 복수를 했으면 좋겠어. 그들이 아무리 우리보다 강한 힘이 있고 돈이 많다고 하더라도 끝까지 싸워서 그들의 잘못을 벌받게 만들 거야. 우리에게는 하나의 목적이 더 생긴 거야. 살아서 만나야 하는 목적과 그들을 벌하는 목적. 행복해야 하는 일은 당연한 거니 목적이라 말하지 않을게. 우리 꼭 기본적 권리인 행복을 압수한 그들에게 사과 받도록 해요. 처음에는 그저 당신이 돌아오기만을 바랐는데, 당신이 돌아올 거라는 확신이 생기니 그들에게 너무 화가나. 절대 그들을 가만히 두지 않을 거야.

이정수의 힘없는 두 손이 주먹을 쥐어 보였다. 분노보다 강한 복수심이 그에게 불타올랐다. 김미진의 이야기가 그에게 삶의 의지를 불태우게 했다. 나가서 복수를 해야 했다. 아무 죄 없는 그가 억울한 옥살이를 하고 있었다. 그에 따른 응당한 처벌을 꼭 내려주리라 다짐하고 다짐했다.

― 맹세코 당신과 나 사이를 그 무엇도 떨어뜨려 놓지 못한다는

걸 믿고 있어. 당신도 그런 다짐으로 이겨내 줬으면 해. 요즘 수진이가 아빠 오면 보여준다고 율동을 배우고 있거든. 나도 수진이와 같이 연습중이야. 당신 돌아오면 아주 재미있고 깜찍한 율동을 보여 줄 테니까 기대해. 한순간도 당신을 기억에서 지운 적이 없어. 그러니 당신도 나와 수진이를 기억에서 밀어내지 말아줘. 그래야 이 말도 안 되는 일들을 이겨낼 수 있을 테니까. 서로를 생각하고 있다는 것만으로도 우리는 큰 힘을 얻을 수 있을 테니까. 사랑해요.

김미진의 편지를 모두 읽은 DJ가 감정에 복받쳐 올랐는지 짧은 한마디를 청취자들에게 전했다.

– 여러분, 터널 안에서 어이없게 갇혀 있는 사람이 유죄입니까? 아니면 그 터널에 가둬버린 사람들이 유죄입니까? 만약 여러분이 터널 안에 갇힌 사람에게도 책임을 추궁하려 한다면, 저는 굉장히 슬플 것 같습니다.

이정수는 편지내용과 DJ의 말에 지금 자신을 바라보는 시각들이 분분하다는 것을 느낄 수가 있었다. 배 좀 부르고 등이 따뜻한 상황이었더라면 화를 내었을 텐데 그는 그럴 수 없었다. 도인보다 더 도인 같은 표정으로 그가 중얼거렸다.

"상관없어. 나를 어떻게 바라보든 이곳에서 빠져나가기만 하면 돼. 당신과 수진이만 생각할거야. 다른 것들은 나에게 무의미하거든."

사랑하는 당신에게

자기야. 기력이 많이 빠지긴 했지만 꿋꿋하게 잘 지내고 있어. 지금 당신이 이야기하는 모든 것들을 나가면 하나씩 해결해 나가자. 이곳에서 할 일이 또 생겼네. 앞으로의 우리 일들에 대한 계획을 짜봐야겠어.

기계소리들이 하루가 다르게 빠른 진척을 보여. 흥분되는 기분을 감출 수 없어. 힘이 없어 소리를 지르거나 몸으로 표현을 할 수는 없지만 며칠 지나지 않아 나갈 수 있다는 확신이 들어. 자기야. 다른 사람들의 말이나 의견 따위는 신경 쓰지 마. 어떤 비난도 내가 감당할 거고 적어도 사람들이 나만을 비난하도록 놔두지는 않을 거야. 우리는 죄가 없어. 억울한 우리라고. 아닌 밤중에 홍두깨같이 벌어진 이 사태에 당신과 나는 피해자인 거야. 어떠한 이야기들이 나오더라도 신경 쓰지 말았으면 해.

할 말이 많은데 눈꺼풀이 자꾸 감겨온다. 이럴 땐 가끔 두려워. 이대로 잠들어서 깨어나지 못하는 건 아닌가. 해서 말이야. 그럴 리는 없겠지?

오늘은 짧은 편지를 써야 할 거 같아. 생각해야 할 것들이 많아졌거든. 절대 잊지 마. 우리는 피해자야. 세상에서 가장 억울한 피해자.

〈당신을 사랑하는 남편이〉

09

당신들의 손가락

이정수가 갇힌 지 28일째. 그 사이 시골 부락의 어르신 하나가 교통사고를 당했다. 급하게 수혈을 했어야 했지만 돌아가야 하는 길로 하여금 끝내 사망했다. 누군가가 죽어나갈수록 여론은 급격하게 움직였다. 며칠 사이 소크라테스도 울고 갈 철학자들이 인터넷을 뜨겁게 달궜다. 김미진이 살고 있는 아파트에서도 뜨거운 햇볕 아래 농성을 하던 어르신이 의식을 잃고 쓰러져 혼수상태에 빠졌다. 이제 인터넷이나 방송, 언론은 그녀의 손을 들어주지 않았다. 그가 이미 죽었다는 글들이 과학적인 입증자료와 함께 수만 건씩 인터넷에 올라왔다. 방송은 그 자료들을 보도했고 언론은 의사들의 소견들을 주된 내용으로 다루고 있었다. 죽은 사람을 구조하기 위해 억울한 또 다른 죽음을 잉태하는 것이 아니냐는 의견들이 성난 파도와 같이 밀려들었다. 그와 그녀를 옹호하는 사람들은 줄어들었다. 100개의 의견이 올라온다면, 그중 하나의 의견만이 그들을 감싸주려 했다. 옹호의 의견도 다른 사람들의 집중포격을 맞아야 했다. 모두가 그를 죽었다 결론 내렸다. 사람들은 구조가 아닌 추후의 문제를 언급하기 시작했다. 그는 살아있건만 정작 전혀 상관없는 자들로 하여금 매장당하고 있었다. 다른 누구의 생명을 길 가는 강아지보다 못한 취급을 하고 있었다. 자신들의 오만한 잣대를 들이미는 그들은 마치 자신들의 말이 성경과 같은 성서인 양 떠들어댔다. 그 짖음에 사람들은 응답했고 다수를 위한 결정이 필요하다 외치고 있었다. 비난이 없이는 세상살이에 의미가 없는 사람들처럼, 누군가를 비난하는 일이 제일 재미난 일인 양, 그들은 손가락이라는 무기를 이용하여 사정없이 굶주린 욕망을 배설했다.

김미진의 편지를 읽어주는 라디오 게시판은 마비가 될 정도로 심각한 비난이 난무했다. 더 이상 감성적인 이야기들로 사람들을 현혹시키지 말라는 이야기와 죽은 사람에 대한 절절함으로 동정표를 얻으려 하지 말라는 욕설들이 한가득이었다. 그녀의 의도와는 전혀 다른 생각을 하면서 마치 자신들의 생각이 그녀가 생각하는 것과 일치한다. 여기고 있었다. 그녀는 그저 이정수가 살아 돌아오길 바라는 마음으로, 희망을 주려는 마음으로, 자신에게 위안을 줄 수 있는 간절함으로 시작하고 지금까지 이어온 일이건만 사람들은 시공사에게 돈을 더 뜯어내려 한다는 자극적인 의견부터 주목받고 싶어 한다는 말도 안 되는 이야기들을 진리인 양 떠들어댔다. 어떤 이는 그녀의 심리상태를 그럴싸한 얇은 지식으로 포장하여 이야기하기도 했다. 관심받고 싶은 욕구, 평범한 자신이 주목받으니 존경받고 싶은 욕구가 커서 이런 일을 자행한다고 말하고 있었다. 비난은 여기에서 그치지 않았다. 그녀의 아파트는 예전 그를 구해준다 약속한 민간단체들이 적으로 바뀌어 군단을 이끌고 쳐들어왔다. 약자로 낙인찍힌 어르신들을 위한다는 명목으로 그들은 목청을 높였다. 주민의 신고로 경찰들이 오긴 했지만 힘없는 노인들을 쫓아내거나 단체들을 해산시키지는 않았다. 그저 조금 조용히 해 주시길 부탁드립니다, 라고 정중하게 말하고 돌아가는 일이 전부였다. 그녀를 조여 오는 이들이 하나둘 많아졌다. 지역을 넘어서 고생을 마다하지 않고 오는 이들도 있었다. 창문에 계란을 던지고 그녀가 볼 수 있을 정도로 큰 현수막을 가지고와 길바닥에 펼쳐놓기도 했다. 붉은 색 글씨의 살벌함은 내용에서 더해졌다.

— 터널공사 진행하라! 죽은 이를 더 이상 더럽히지 마라!

현수막이 아스팔트를 모두 덮어 버릴 지경에 이르렀다. 모여드는 사람들은 김미진에게 적개심을 가득 품고 있었다. 그들에게 해를 입히지도 않았는데 그들은 피해자인 양 떠들어댔다. 어이없는 가해가자 되어 버린 그녀는 민심의 유죄를 선고받았다. 집 밖에 나가는 일은 꿈도 꾸지 못했다. 하루가 지나고 이틀이 지나도 사람이 줄어들기는커녕 오히려 인산인해를 이루었다.

"수진아! 왜 그래?"

김미진이 침대에 누워 일어나지 못하는 수진이의 이마를 짚어보았다. 열이 펄펄 끓어올랐다. 식은땀을 쏟아내는 수진이는 끙끙앓기만 했다.

"엄마 목 아파."

김미진이 재빨리 수진이의 입을 벌려 보았다. 편도가 심하게 부어 있었다. 소금을 넣은 물을 재빨리 수진이에게 먹이려 했다.

"우웩!"

수진이는 물은 넘기지 못하고 토해냈다. 고통으로 침을 넘기지 못했다. 침이 입 사이로 질질 흘러내렸다. 그녀가 커튼이 쳐진 창문을 살짝 바라보았다. 사람들은 여전히 농성중이었다. 잠시 갈등하며 창문과 수진이를 번갈아가며 쳐다보았다. 그녀가 입술을 살짝 깨물었다. 방법이 없었다. 당장 수진이를 병원에 데려가야 했다. 그녀가 수진이를 이불로 감싸 안았다.

"병원 가자."

김미진이 급하게 슬리퍼를 신고 수진이를 데리고 밖으로 향했다. 엘리베이터는 늦을 거 같아 계단으로 정신없이 내려갔다. 현관문이 보이자 사람들의 살벌한 목소리가 전해졌다. 그녀가 잠시 걸음을 멈칫했다. 자신도 모르게 뒷걸음질이 처지기 시작했다. 그때 수진이가 끙 하고 앓는 소리를 냈다. 침은 계속 흘러내리고 있었다. 그녀가 이를 악물었다. 현관으로 다가가 문을 열었다. 그녀가 나오자 사람들이 소리쳤다.

"김미진이다!"

사람들의 시선이 모두 김미진에게로 향했다. 어느 노인이 그녀에게 계란을 투척했다. 머리 위에서 보기 좋게 깨진 계란은 끈적이는 내용물을 그녀의 얼굴로 향하게 했다.

"이년아! 너 때문에 우리 다 죽게 생겼어!"

계란을 던진 노인이 소리쳤다. 사람들은 마녀사냥이라도 하는 듯 그녀를 향해 계란을 던져댔다. 그녀가 그곳을 빠져나가려 걸음을 재촉했다. 눈물이라는 여유도 없었다. 당장 병원을 향해 달려가는 일 이외에는 아무런 생각도 나지 않았다. 온몸이 비린내로 진동했다. 사람들은 그녀를 보내주지 않았다. 무언의 폭행 속에 그 누구도 경찰을 부르지 않았다. 아파트 안에 있던 사람들이 하나둘 베란다 밖으로로 머리를 들어냈다. 그녀가 두려움에 나지막하게 중얼거렸다.

"비켜 주세요. 아이가 아파요."

작은 목소리는 누구에게도 들리지 않았다. 사람들은 저마다 가장 큰 피해자가 된 얼굴을 하고 그녀에게 욕설을 퍼부었다.

"네 남편만 사람이냐? 여기 어르신들은 사람 같지도 않은 거냐!"

"비켜 주세요. 아이가 아파요."

"너 때문에 죽어간 어르신들에게 평생 속죄하며 살아! 너같이 이기적인 사람들 때문에 사회가 썩어 가는 거야!"

"제발. 비켜 주세요. 아이가 아파요."

김미진의 목소리는 사람들의 귀에 전달되지 않고 있었다. 사람들은 점점 더 거칠어져 갔다. 계란은 쉴 새 없이 그녀에게로 향했다. 그녀에게로 던져진 계란의 이물질이 수진이를 감싸고 있던 이불 위로 떨어졌다. 비린내와 아픔으로 견디기 힘들었던 수진이가 울음을 터트렸다. 그제야 계란을 던지던 사람들은 악마의 유혹에서 벗어난 듯 동작을 멈췄다. 욕설도 멈춰졌다. 그녀가 다시 중얼거렸다.

"비켜 주세요. 아이가 아파요."

김미진이 겁먹은 모습으로 발걸음을 옮겼다. 다시 날아올지 모르는 계란세례가 걱정되는지 잔뜩 몸을 움츠린 모습이었다. 수진이의 울음은 그칠 줄 몰랐다.

"지 아이는 소중한가보네."

모여 있던 누군가가 말했다. 사람들은 아무개의 소리에 한마디씩 거들었다.

"자기 식구 걱정하는 것만큼 다른 사람도 소중한 건데. 사람이 그러면 안 되지."

"이기적인 것도 정도껏이지. 힘없는 어르신들 오늘내일하는데 제 식구만 챙긴다는 건가?"

사람들은 고맙게도 욕설만 던질 뿐 더 이상 계란은 던지지 않았다. 아이라는 방패가 그들을 막아서고 있었다. 그녀가 이리저리 사람들을 피해 얼굴을 숙이고 아파트 단지를 빠져나갔다.

수진이가 링거를 맞고 있었다. 의사는 열감기라 며칠 고생할 것이라 말했다. 김미진의 초라한 모습에 간호사가 수건을 가져다주며 저기 저희 샤워실 있어요. 좀 씻으세요, 라고 말했다. 그녀가 샤워기 속으로 몸을 옮겼다. 그제야 참았던 눈물이 터져나왔다. 서러움이 가득 배어 나오는 흐느낌. 사람들의 원망을 담은 공포가 만들어낸 흐느낌. 이정수를 놓아야 한다는 절망의 흐느낌. 이제 희망은 사라졌다는 체념의 흐느낌. 대중이 만들어낸 잔인한 살인에 대한 끔찍함의 흐느낌.

뉴스를 통해 김미진에게 있었던 일들이 보도되었다. 사람들은 더 이상 그녀에게 동정이나 호의를 베풀지 않았다. 수일 만에 완벽하게 그녀의 동정론은 끝이 나버렸다. 세상에서 가장 간사한 것은 바로 대중의 마음이라 했던가? 정답이었다. 그녀는 어마어마한 대중에게 휘둘리고 유린당했다. 치욕보다 더한 감정으로 그녀는 주저앉고 있었다.

집으로 돌아오는 길. 경찰의 호의를 받아야 했다. 경찰은 김미진의 경호를 탐탁지 않게 생각했다. 경찰차를 타고 그녀를 바라다

주면서 그들은 그녀에게 들으라는 듯 이야기했다.

"시신이라도 거두고 빨리 처리하면 동네 주민들에게 원성도 사지 않고 사람들에게 위로도 받고 얼마나 좋아."

"그러게. 매일 여기만 순찰 돌면 난리가 아니야. 힘들어 죽겠다고."

죄인. 김미진은 수진이를 안고 머리를 숙여야만 했다. 그 누구도 그녀를 위로하거나 감싸주지 않았다. 이기적인 사람. 타인에게 배려라고는 없는 사람. 자신만 생각하고 살아가는 누군가로 지목되고 있었다. 그녀가 탄 경찰차가 집 앞 현관에 다다랐다. 사람들은 그녀가 내리자 또 다시 심한 욕설을 퍼붓기 시작했다. 그들은 성난 짐승들처럼 울부짖고 있었다. 앞뒤 구분 없이 비난의 상대에게 욕설을 퍼부음으로 쾌락을 얻는 잔인한 인간의 본성을 즐기고 있었다.

전문가는 하루 종일 언론에 시달렸다. 이정수가 살아있을 확률에 대한 문의와 견해를 밝혀 달라 기자들은 하루가 멀다 하고 찾아왔다. 그는 분명 살아있습니다, 라고 이야기했다. 불과 며칠 전까지만 해도 사람들은 그의 말을 신뢰했고 응원했다. 그런데 며칠이 지난 지금. 그의 말은 사람들의 반감을 사고 있었다.

– 어떻게 지금까지 살아있다고 생각하느냐. 적절한 증거를 제시하라.

― 이상만을 바라보고 있는 것이냐. 말이 되는 소리를 해라. 선의의 피해자들이 줄을 잇고 있다.

반감은 쉽게 수그러지지 않았다. 전문가가 최장시간의 구조자를 예로 들어 이야기했지만 그들에게는 통하지 않았다. 기적에 가까운 소리를 늘어놓지 말고 현실적으로 냉정한 평가를 원하고 있었다. 그는 오늘 기자회견이라는 무거운 과제를 안고 있었다. 며칠 전 그에게 구조중단이라는 말을 할 수 없었던 사람들이 준 마지막 선물이었다.

"기자회견을 하시오. 언론이 납득할 만한 타당한 근거로 설득시키시오. 그렇지 않으면 우리도 별 수 없소. 우리도 좋아서 이곳에 온 게 아니라는 걸 알아줬으면 하오."

그는 자신 있게 예, 라고 대답했지만 조금씩 기자회견 시간이 다가오자 긴장의 빛이 역력했다. 며칠 전이라면 가능했을 논리들이 완벽하게 뒤집어져 있었다. 무슨 말로도 대기하고 있는 기자들을 설득시킬 수 없을 것 같았다. 담배를 연달아 물었다. 어떻게 말해야 할까? 라는 하나의 질문에 몇 시간을 매달렸다. 머리는 백지장이 되었고 무의식적으로 애꿎은 담배만을 찾았다. 시간은 매정하게도 그를 기다려주지 않았다. 열심히 초침을 이동하고 있는 시계는 그에게 임시로 마련된 기자회견장으로 걸어 나갈 것을 재촉했다. 기자들은 기다리는 동안 터널 입구에 카메라를 설치하고 자신들의 생각에 맞춘 기사 내용을 떠들어댔다.

그가 무거운 발걸음을 기자회견장 쪽으로 향했다. 위로가 되던 담배를 찾았지만 빈 갑뿐이었다. 터벅터벅 걸어가며 준비한 자료를 손에 꼭 쥐어 보았다. 흥건한 땀이 손에 잔뜩 배어 나왔다. 좁은 복도를 지나 기자들이 대기하고 있는 방안의 문을 열었다. 교무실로 끌려가는 기분도 이처럼 더럽지는 않을 것 같았다. 그가 문을 열자 사방에서 플래시가 터져 나왔다. 방송용 카메라는 일제히 그의 움직임을 포착했다. 그가 살짝 인상을 찌푸리다 금세 표정관리에 들어갔다. 굳은 표정으로 준비된 탁상 위로 올라갔다. 그가 인사했다.

"이씨에 대한 구조상황을 브리핑하겠습니다."

준비된 자료들을 설명하려는데 성격 급한 한 기자가 소리쳤다.

"선생님! 현재 구조자가 살아있을 가능성은 희박하다고 하는데 어떻게 생각하십니까?"

"가능성은 충분합니다. 아이티 지진 사태 때 물만으로 28일을 버텨낸 사람도 있습니다. 현재 우리는 물에 충분한 영양제를 투여해서 공급하고 있습니다. 저는 적어도 일주일 이상은 더 버텨낼 수 있을 거라 봅니다."

전문가가 가져온 자료를 펼치려다 제자리에 놓고 말했다. 기자들은 현재 구조 상황의 보고에 재미를 느끼지 않았다. 이정수가 살아있는지 죽었는지의 가능성과 터널로 인한 피해를 본 마을 주민들의 비난을 대신할 누군가를 찾으러 온 것이다. 사람들이 가장 즐겨하는 비난놀이를 하기 위한 타깃 설정이 주된 임무 같았다.

그러기 위해서는 전문가와의 논쟁에서 기자들은 이겨야 했다. 신문 일면에 장식될 자극적인 제목들을 상상하며 즐거워하는 그들의 논리에 그는 대항해야 했다.

"선생님! 다른 분들의 견해로는 전혀 가능성 없는 이야기라 판단하고 있습니다. 이씨는 이미 사망했을 거라는 의견이 확신으로 바뀌고 있는데요. 기적의 예를 들지 마시고 평균적인 예로 말씀해 주셔야 하는 것이 아닙니까? 통계적으로는 불가능한 사실일 것 같습니다."

"통계라는 것은 없습니다. 이런 상황은 비윤리적이라 실험해 본 적도 없지요. 재난이 있을 때마다 그것을 근거 자료로 사용해 왔습니다. 하지만 자료는 미비합니다. 누구도 확신할 수 없는 상태입니다."

"그럼 살아있을지 죽어 있을지 모르는 사람으로 인해 피해를 보는 마을 주민들은요? 어떻게 해야 합니까? 타인의 생명도 존중받아야 하는 문제가 거론되고 있습니다."

전문가가 맹렬한 공격을 퍼붓는 사람들을 바라보았다. 그들의 눈은 흥분을 감추지 못하고 있었다. 특종을 잡아 사람들의 관심을 받고 싶어 하는 이들이었다. 이미 이정수의 생환은 그들에게 관심 받지 못했다. 이정수가 죽었다, 라는 이야기를 듣고 싶어 했다. 그들은 이미 기사내용을 머릿속에 그려 넣고 있었다. 감동이 진하게 묻어나오는 기사들. 예를 들어 죽음과의 사투. 끝내 사망. 이정수가 남겨 놓은 흔적들, 이라는 기사를 쓰고 싶어 했다. 하루 빨리 터널을 정비해 이정수가 살아있는 동안 행했던 흔적들을 기사화하고 싶어 했다. 그의 이마에 땀이 송골송골 맺혔다. 모두가 그의 입이 열리길 기다렸다.

"살아있습니다. 그리고 임시로 급한 환자들에 한하여 전용도로를 개통할 예정입니다. 오늘이라도 당장 시행하겠습니다. 하지만 분명한 것은 이씨는 살아있습니다."

"적절한 근거가 없는데 어떻게 그렇게 장담하시는지요? 임시 개통이라면 허가를 받아야 된다는 말씀입니까? 비단 아픈 사람들이 아닌 누군가는 계속 불편을 안고 있어야 한다는 말씀입니까?"

"생명의 구조가 가장 시급합니다. 물론 마을 주민들은 많은 불편을 호소하고 있고 그로 인하여 누군가는 아쉬운 세상과의 작별을 고해야 했습니다. 여러분, 조금의 불편으로 한 사람이 살 수 있다면 우리는 그 길을 택해야 하는 것이 옳지 않겠습니까? 아프거나 촌각을 다투는 마을 주민이 계시다면 전용도로를 이용할 수 있습니다. 이 정도면 절충안이 되었을 것으로 봅니다."

전문가가 더 이상의 논쟁은 필요 없다고 생각하고 이만 마치겠습니다, 라고 말하려 했다. 하지만 어느 기자가 그의 입을 막아버렸다.

"최근 교통사고로 돌아가신 어르신의 사고가 이곳 터널 현장에서 구조작업을 하던 덤프트럭 기사에 의한 것이라는 걸 알고 계십니까? 오늘 조사과정에서 밝혀진 내용입니다. 트럭 기사는 현장에서 일하는 것을 끝까지 숨기려 했습니다. 혹시 이 부분을 숨기려 했던 것은 아닙니까? 여론의 매를 피하기 위해 은폐하려 했다고 보이는데요."

　전문가도 모르는 사실이었다. 기자회견장 구석에 앉아 있던 부장도 당황하며 그를 바라보았다. 체계가 단순한 현장에서 그들이 모르는 일은 일어날 수 없었다. 그가 자신도 모르게 소리를 높였다.

　"그런 사실 없습니다. 저희는 어느 누구를 거치지 않고 현장에서 바로 상황보고를 전달받는 체계의 구조입니다. 은폐라니요. 저희는 전혀 모르는 사실이고 현장에서 그런 사고는 있지 않았습니다."

　"그럼 사고 가해자가 거짓진술을 했다는 말인데요. 경찰의 조사과정이 잘못되었다 보시는 건지요?"

　"잘못됐습니다. 그런 부분은 보고받은 적도 없고 있을 수도 없는 일입니다."

　전문가의 눈이 당혹감을 감추지 못했다. 부장은 자리에서 슬그머니 빠져나와 복도로 나갔다. 관계자에게 확인전화를 해 보기 위해서였다.

　"공식 조사결과가 나왔는데도 아니라 말씀하시는군요."

　집요하게 전문가를 물고 늘어지는 기자들. 그는 강하게 부인했다.

　"그런 일은 있을 수도 없고 보고받지 못하는 일이 있다는 것은 말도 되지 않습니다."

　부장이 다시 들어왔다. 그의 눈이 부장에게로 향했다. 부장은 그의 눈을 피했다. 사실이었다. 터널에서 구조작업을 하던 덤프트

력 기사가 일으킨 사고였다. 부장이 짧은 메모지를 그에게 건네고 자리에 앉았다.

— 이봐, 사실이래. 근무 끝나고 기사들끼리 술 한 잔 걸쳤나 봐. 음주운전을 하다 사고를 냈다고 하는군. 퇴근 후의 사건이라 우리는 몰랐던 게 당연해. 덤프트럭 기사가 소속된 회사에서 일을 처리하고 있다네. 어쩔 수 없어. 퇴근 후 벌어진 사건이라고 둘러 댈 수밖에.

그가 눈을 질끈 감았다. 기자들은 그의 표정을 읽고는 더욱 집요하게 물고 늘어졌다.

"건네받은 메모는 뭡니까? 사고에 관한 내용입니까? 말씀 좀 해 주시죠."

전문가의 다리가 풀려왔다. 어지러움을 느꼈다. 당장 그가 할 수 있는 일은 부장이 말한 대로 둘러대는 일밖에 없었다. 그의 머리는 다음에 이어갈 말들을 빠르게 만들었다. 그가 무겁게 입을 열었다.

"보고를 받지 못했었는데 사실이군요. 음주로 인한 사고였다고 합니다. 퇴근 후에 기사들끼리 저녁을 먹으며 반주를 했던 모양입니다. 사건 현장이 아닌 다른 곳에서 일어난 사고였고 퇴근 후에 일어난 사고임을 알려드립니다."

"책임이 없다는 말씀이신가요?"

"당장 말씀드릴 수 있는 건 아직 사태파악이 되지 않았다는 것과 퇴근 후에 일어난 사건이라는 겁니다."

전문가의 말에 기자들은 바로 신문사와 방송국에 메일을 전송했다. 그의 변명과 항변은 빠져버린 자극적인 내용과 제목들이 뒤범벅된 기사들은 인터넷과 신문, 방송을 통해 보도되었다.

─ 터널 구조작업을 하던 기사가 음주로 사망사건 일으키다.
─ 음주운전 사망사고, 터널 구조작업중인 기사의 소행.

언론은 이정수의 무사귀환에 관심을 두지도, 바라지도 않았다. 여론은 이제 마을 주민들의 권리보다는 도덕성을 걸고 넘어지려 했다. 하나의 사건으로 파생되는 무수한 일들을 화젯거리로 삼고 있었다. 이정수의 안전한 귀가에서 마을 주민들의 권리로, 생명의 가치관으로, 이제는 도덕적인 문제까지. 당사자들이 아닌 누군가에게는 그저 재미있는 연재소설과 같았다. 즉석으로 자신의 의견을 달 수 있는, 내용에 욕설을 퍼부으며 통쾌함과 짜릿함을 느낄 수 있는 실시간 소설.

이정수는 하루 종일 누워 있었다. 이제 더 이상 여력이 남아 있지 않았다. 하루에 수십 번도 넘게 물을 찾았다. 기껏 노력해서 화장실을 만들어 놓았지만 그는 움직일 힘을 아끼고자 변이 아닌 이상 바지에 오줌을 지렸다. 경련이 일어나는 곳이 많아졌다. 근육이 말라가고 있었다. 다리에서 팔, 가슴, 배까지, 경련이 일어나지 않는 곳이 없을 정도였다. 얼굴은 수십 일 전의 그를 상상하지 못할 정도로 말라 있었다. 해골 표본을 보는 느낌이었다. 퀭한 눈이 깜빡거림에 아직은 그가 살아있다 대변해 주고 있었다. 지쳐가는 육체에 힘을 주려 기계소리에 집중했다. 내일? 아니면 모레 안에는 나갈 수 있을 것 같다. 힘내자! 라고 스스로를 위로했다. 그는 전문가의 얼굴보다, 김미진의 얼굴보다 가장 먼저 자신을 구하러 오는 누군가는 의사이길 바랐고, 그 다음 음식이 자신을 반겨주길 바랐다. 껍데기만 남은 그의 몸은 지금 당장 죽는다 해도 억울하지 않을 정도로 약해져 있었다. 심장박동을 체크해 보았다. 1분에 25회에서 26회 정도의 움직임만을 보이고 있었다. 시간은 촉박한데 아직까지 사람 얼굴도 보이지 않는다. 그는 오늘 라디오에서는 김미진이 내일이면 구조가 가능하대! 라는 힘찬 목소리를 들려주길 바라고 바랐다. 시간을 체크한 그가 젖 먹던 힘까지 끌어내어 라디오를 틀었다. 그 작은 움직임조차 고단한지 휴~ 하고 긴 숨을 내쉬었다. 자동차 스피커에서는 정확히 그녀의 사연을 전달할 시간을 알려왔다. 매일 이어지는 잔잔한 음악과 함께 오프닝이 시작되었다.

— 오늘은 이씨의 아내분께서 사연을 주지 않으셨네요. 무슨 일이 있으신 건지 저희가 전화를 드려봤는데 받지 않으십니다. 아마도 급한 일이 있으신 거 같아요.

눈을 감고 듣고 있던 이정수가 눈을 번쩍 떴다. 무슨 일이지? 라는 걱정과 궁금증이 일어났다.

— 내일은 꼭 사연이 전달되길 기다립니다. 터널 안에서 듣고 계실 남편분을 위해서라도 꼭 연락주시길 바랄 게요.

오프닝은 짧았다. 바로 음악이 흘러나왔다. 이정수는 혹시나 하는 마음에 계속 라디오를 듣고 있었다. 매연이 그의 머리를 지끈거리게 만들었지만 참았다. 조금 늦는 거라 생각한 그는 프로그램이 끝날 때까지 스피커에 집중했다. 끝내 김미진의 사연은 들려오지 않았다.

"왜. 보내지 않은 거야. 깜짝파티인가?"

이정수는 처음에는 불안해하다 시간이 지날수록 혹시 내일 구조가 되는데 서프라이즈를 위해 이러는 건 아닐까? 라는 긍정적 사고가 일어났다. 그가 라디오를 끄고 자리에 누웠다.

"내일 구조되는 건가? 내일이면 나갈 수 있는 건가?"

자신만의 최면이라고 할지라도 꽤나 즐거운 상상과 희망이었다. 그가 눈을 감고 중얼거렸다.

"빛을 보고 싶다. 여기에서 그만, 나가고 싶다."

10

강요

이정수가 터널에 갇힌 지 31일째. 벌써 한 달이 흘렀다. 이제 그 누구도 이정수가 살아있음을 생각하지 않았다. 최고 갱신기록을 깰 거라는 기대는 유행가처럼 시들해졌다. 흥미를 잃은 사람들은 더 재미있는 내용을 찾으려 애썼다. 뜨겁게 달궈진 포털들에 달라진 것이 있다면 서로가 의견을 내놓으며 마찰을 빚는 일보다 저마다 도덕적인 잣대를 내세우고 있었다. 재미있는 일은 도덕적 기본이 결여된 사람들이 도덕을 말하고 있었다. 기본적 도덕을 버린 그들이 성인군자마냥 도덕에 열을 올린다. 그들에게 죄의식이라고는 없었다.

김미진은 댓글들을 바라보며 분노했다. 예전에 보았던 한 기사를 생각해 냈다. 어느 노숙인이 금융실명제 전에 예금했던 수억

원을 찾지 못하고 쓸쓸하게 죽었다는 기사. 그 돈에 대한 사용을 사람들은 은행에 두지 말고 기부하라 악다구니를 쓰고 있었다. 그들의 돈도 아닌데 그들은 서로가 나서 불우한 이웃을 돕자 말하고 있었다. 그녀는 처음이자 마지막으로 그 기사에 댓글을 달았다.

　─ 그 돈은 고인의 돈입니다. 우리가 그 돈에 대한 사용처에 대해 말할 수 있는 권리가 있을까요?

　김미진의 댓글에 수많은 사람들이 악플을 달았다. 은행에 놔둬 봤자 은행사람들 배만 불린다는 의견들은 그나마 양반이었다. 당신이 혹시 은행사람이 아니냐는 이야기들과 입에 담지 못할 욕설들이 그녀에게 상처를 남겼다. 공동체. 그곳에서 다른 생각을 하는 사람은 철저하게 매장당했다. 어느 의견을 서로가 비난하며 쾌락을 얻는 원초적 본능을 즐기고 있었다. 그녀는 그 뒤로 댓글을 달아본 기억이 없었다. 그녀가 분노한 나머지 댓글을 달아보려 몇 차례나 글을 썼다 지우길 반복했다. 욕설의 화살이 자신에게 돌아올 것을 알기에 망설여졌다. 아니, 넘쳐나는 비난에 그녀도 중독되는 기분이 들었다. 사람들이 말하는 대로 이정수가 죽었을 거라는 확신의 최면이 그녀를 괴롭혔다. 며칠 동안 인터넷과 사람들에게 시달린 그녀는 지쳐 있었다.

　김미진은 여전히 밖을 나갈 수 없었다. 수진이와 함께 병원을 찾아야 했던 지난 3일은 끔찍한 기억뿐이었다. 그녀에게 험한 말을 하는 일은 당연했고 어느 할머니는 그녀의 머리채를 잡았다. 위급한 사람들에게 도로를 개방한다는 보도가 나갔지만 사람들은 물러서지 않았다. 구조작업을 하던 기사가 음주를 했다는 사건이 터져 나오자 더욱 많은 인파가 그녀의 집 주위로 몰려들었다. 알면서도 모른 척한 것이 아니냐며 그녀의 도덕성을 의심했고 경멸했다. 끝나지 않는 고통의 시간들이 이어졌다. 일이 잠잠해지면 사람들은 어떻게 해서든 꼬투리를 잡아 그녀를 궁지로 몰아가려 했다. 약자의 편이라 스스로를 정의롭다 생각하는 사람들에게 그녀는 악의 축이나 다름없었다. 사람들의 집착은 도를 넘어섰다. 계란 투척만을 하던 이들이 어느새 돌멩이를 던지며 그녀의 집 유리창을 깨부수기 시작했다. 직접 그녀의 집 앞에 찾아와 문을 두드리는 사람들마저 생겨났다. 오밤중 수진이와 그녀는 잔뜩 겁을 먹고 서로를 부둥켜안아야 했다. 극도의 스트레스로 수진이의 감기는 더 심해졌다. 응급차가 어제 수진이를 데려갔었다. 수진이는 정신을 잃었고 응급실에서 링거를 맞아야 했다. 두려움으로 인한 탈수증상이었다. 수진이는 정신을 차리자마자 그녀에게 물었다.

"아빠가 집에 오려고 해서 사람들이 그러는 거야?"

"……"

"아빠 집에 오지 말라고 해."

"뭐?"

수진이의 가냘픈 손이 김미진의 옷소매를 흔들었다.

"아빠 오지 말라고 해. 아빠만 안 오면 되잖아. 아빠 집에 오지 말라고 빨리 말해."

김미진이 빤히 수진이를 바라보았다. 딸아이에게서 들어야 하는 이야기가 포기라니. 그녀는 자신의 귀를 의심했다. 수진이가 울음을 터트렸다. 잔인하게도 그녀의 귀가 잘못되지 않았음을 뼈저리게 알려주고 있었다.

"무섭단 말이야! 아빠 오지 말라고 하라고! 빨리 전화해서 오지 말라고 해! 선물도 필요 없고 피카츄랑 키티 안 보러 가도 되니까 그냥 오지 말라고 하라고!"

김미진은 하늘이 무너지는 절망을 맛보아야 했다. 4살의 어린아이. 그 아이가 얼마나 두려웠으면 세상에서 가장 잔인하고 끔찍한 말을 꺼내는 것일까? 주말만 되면 아빠에게 잘 보여야 된다며 예쁜 옷을 사 달라 조르던 아이였다. 아빠와 결혼한다고 빨리 어른이 되었으면 좋겠다 말하던 아이였다. 세상에서 아빠를 제일 사랑한다고 말하던 아이였다. 그 아이의 입에서 아빠가 보고 싶지 않다고 말하고 있었다. 세상에서 가장 간절한 소원을 담은 표정으로, 증오를 가득 품은 눈으로 그녀를 바라보며 제발 아빠가 오지 말라 이야기하고 있었다.

생지옥을 견뎌야 하는 김미진은 아무 말도 할 수 없었다. 수진이를 훈계하고 달래야 했지만 그러지 못했다. 이제 이정수가 살아 돌아온다는 희망은 그들에게 용기가 되지 않았다.

그녀가 인터넷 기사들을 바라보다 핸드폰을 찾았다. 그녀는 전문가에게 전화를 걸었다.

"네. 김미진 씨."

"기사도 봤고 뉴스도 봤어요. 사람들은 그이가 죽었다고 생각하네요."

"아니요. 살아있습니다. 일단 도로를 개방했으니 여론도 다시 잠잠해질 겁니다."

그녀가 의자에서 일어나 구석 가장 어두운 곳으로 걸음을 돌렸다. 벽에 기대어 최대한 공간을 좁게 하고 쭈그려 앉았다. 그녀가 여러 번 입을 떼었다 닫기를 반복했다. 긴 한숨을 끝으로 그녀가 가냘프게 소리를 내었다.

"선생님. 구조를 중단해 주세요."

뜻밖의 말이었다. 전문가는 귀를 의심하며 네? 하고 물었다. 그녀가 소리 없는 눈물을 흘리며 확답을 안겼다.

"선생님. 구조를 중단해 주세요. 그이의 구조를 중단해 주세요."

"미진 씨. 지금 뭐라고 하시는 겁니까? 구조를 중단하라니요. 지금 며칠만 더 기다리면 되는데 지금 뭐라 하시는 겁니까?"

믿겨지지 않는 이야기에 전문가는 격양된 목소리로 말했다. 구조중단이라니. 며칠 전 찾아왔던 파견인들도 말하지 못했던 구조중단이라는 간접살인을 가족이자 사랑하는 사람인 김미진이 말하고 있었다. 전문가도 김미진도 한동안 아무 말도 없었다. 그녀의 눈은 눈물을 끊임없이 만들어냈지만 목소리는 떨려오지 않았다. 그녀가 침을 한 번 꼴깍 삼키고는 소리 높여 말했다.

"구조를 중단해 주세요. 그이 포기해 주세요. 너무 힘들어요. 사람들이 무섭고 그이가 원망스러워요. 잘못도 없는 우리가 왜 이런 수모와 공포를 겪어야 하는지 모르겠어요. 그이가 갇히는 바람에 수진이와 나는 세상에서 가장 악랄한 범죄자가 되었어요. 당장 중지해 주세요. 터널을 뚫어 주세요."

"김미진 씨. 이정수 씨는 잘못한 게 전혀 없습니다. 부실 공사를 한 시공사와 공사대금을 빼돌린 사람들에게 죄가 있는 겁니다. 김미진 씨는 패닉상태입니다. 많은 사람이 그런 의견들을 내놓으니까 그저 따라가게 되는 현상이 찾아온 거예요. 사람들이 거짓을 말해도 다수가 말하면 진실이 되는 그런 상황 말입니다. 그런 상태인 거예요. 흔들리면 안 돼요."

김미진이 온힘을 짜내어 소리쳤다.

"그이가 잘못한 거예요! 그만 포기해요. 죽었다고 하잖아요. 선생님을 뺀 모두가 죽었다고 하잖아요! 포기해 주세요! 그만하라고요! 제발 그만하고 우리 좀 살려달라고요!"

"김미진 씨……."

전문가가 김미진을 설득하려 입을 열었지만 그녀의 고함이 그의 말을 막았다.

"그만하고 싶어요! 그냥 모두 다 그만 두고 싶어요! 이제 싸울 힘도 없어요! 쉴 새 없이 문을 두드리는 사람들이 무서워 죽겠다고요! 그이가 죽었다는데! 모두가 그렇게 말하잖아요! 그만해요. 우리, 최선을 다한 거예요. 수진이조차 싫대요. 아빠가 오지 않았으면 좋겠대요. 아빠 오지 말라고 하라며 저에게 사정해요. 우리 딸조차 그래요. 이제 그만해요."

"이게……. 최선입니까?"

전문가가 물었다. 전문가의 입술이 떨려왔다. 김미진의 입에서 서러움이 터져 나왔다. 억울함이 터져 나왔다. 억눌렸던 사람들의 원망이 터져 나왔다. 잔인한 여론과 대중의 절규가 터져 나왔다. 그녀가 감정을 주체하지 못하고 심한 경련을 일으켰다.

"잘 모르겠어요. 그런데 이게 옳은 일 같습니다. 포기하는 일이 우리를 유죄에서 무죄로 바꿔 줄 것 같습니다. 이게 최선일 것 같. 습. 니. 다."

라디오 DJ가 며칠 만에 김미진에게 사연을 전달받았다. 작가들과 PD의 표정은 생기가 없었다. DJ도 믿을 수 없는 사연에 입을 다물지 못했다. 회의실에 앉아 있던 DJ와 프로그램 담당자들은 침묵했다. DJ가 자리를 박차고 일어났다.

"젠장! 이걸 읽으라고요? 난 못 해요!"

회의실을 빠져나가려는 DJ를 PD가 붙잡았다. 그가 손을 거칠게 뿌리쳤다. PD는 다시 한 번 그의 팔을 강하게 잡았다.

"해야 돼. 국장에게서 지시가 떨어졌어. 이제 김미진 씨 사연 읽지 말라고. 게시판은 초토화됐다고. 여론은 이미 그녀를 동정하지 않아. 우리가 할 수 있는 건 이것뿐이야. 이렇게라도 빌어먹을 여론에 호소할 수밖에 없어. 당신들로 하여금 죽을 수밖에 없는 누군가에게 회개하라 호소하는 길이 유일하단 말이야."

"못합니다! 김미진 씨에게 직접 하라 하세요! 저는 절대 하지 못합니다!"

DJ가 회의실 문을 쾅! 닫고 빠져나갔다. 그는 복도를 걷다 화를 이기지 못하고 주먹으로 사정없이 벽을 내리 찍었다.

"말이 되는 상황인가? 이 엿 같은 상황이 제대로 돌아가는 상황인가? 미쳤다. 세상도 미치고 사람도 미쳤다. 모두가 제정신이 아니다. 잔인하다. 더럽게 잔인하다."

이정수는 며칠째 잠을 청하지 못하고 있었다. 김미진에게서 소식을 듣지 못한 나날이 계속되었기 때문이다. 기력이 없으면 에너지를 아끼기 위해 잠을 자야 했지만 그의 머리는 과감하게 잠을 거부했다. 이제 손 하나 까딱할 수 없을 정도로 힘이 빠져 있었다. 숨을 쉬는 것조차 버거웠다. 구조될 거라 기대했던 며칠이 어영부영 흘러갔다. 그는 지쳐가고 있었다. 어쩌면 라디오를 듣기 위해 버텨내고 살아있는지도 모른다, 라는 혼란마저 찾아왔다. 라디오에서 김미진의 목소리가 나오는 순간 숨이 끊어질 수도 있다는 자신 없는 좌절감이 찾아오고 있었다. 그는 천천히 호흡하며 어떻게든 살아남으려 남은 힘을 쥐어짜고 있었다. 오늘은 DJ가 사연을 읽어 주겠지. 오늘은 아내가 며칠 동안 사연을 전달하지 못한 이유를 들려주겠지, 라는 애태움이 머리와 가슴에 간절히 맴돌았다. 오늘은 구조가 되겠지, 라는 가능성 없는 희망보다는 라디오에서 그녀의 목소리가 들려오길 더욱 원했다. 그는 있는 힘을 다하여 의자를 붙잡고 일어났다. 라디오 프로가 시작할 시간이 다가온 것이다. 시동을 거는 일도 힘들었다. 키를 넣고 돌리는데 자꾸만 의식이 흐려져 갔다. 부릉, 하고 시동이 걸리기까지 오랜 시간이 걸렸다. 구멍 사이로 밀어 넣는 열쇠가 자꾸만 엇나가고 말을 듣지 않았다. 31일. 기적의 시간이자 신의 축복이 함께했기에 가능한 시간이었다. 그는 담배를 끊었는데 몸이 왜 이러냐, 라고 힘없는 농담을 던지며 스스로에게 긍정을 안겨주려 애썼다. 라디오 광고가 흘러나왔다. 그는 오늘은 제발, 이라고 마음속으로 외치며 라디오에 집중했다. 앉아 있는 것도 힘들었지만 유일한 행복의 시간이 다가오기에 참아야 했다. 마지막 광고가 시작되자 천천히 뛰던 심장이 빠르게 운동했다. 온몸의 신경은 귀로 향했다. 오프닝 멘트가 시작되는 음악이 흘러나왔다. 헌데 예전과는 달라진 음악이었다. 그의 가슴은 기대에 부풀었다. 음악이 바뀌었다는 건 새로운 무언가가 추가되었다는 것을 말하고 있었다. 그런데 한참이 지나도 서글픈 음악만이 흘러나왔다. 1분, 2분. 음악은 절정의 슬픔을 소리치고 있었다. 그 누구도 보채지 않았다. 그도, 라디오 프로를 진행하는 팀원들도, DJ도. 음악이 끝나갔다. 이제 시작하겠지? 라고 고대하던 그와 청취자들은 새로운 서글픈 음악이 흘러나옴에 의아해 했다. 그의 직감이 좋지 않은 일이 있었음을 일깨워 주고 있었다. 구성진 멜로디가 흘러나온 지 얼마 되지 않아 긴 한숨소리가 들려왔다. 그가 힘없는 고개를 벌떡 들었다. 숨소리의 주인공은 김미진이었다. 그는 단번에 알아채고는 떨리는 손으로 볼륨을 높였다. 지직거리는 잡음이 생기지 않게 하려 최대한 몸을 굽혔다. 오랜만에 듣는 그녀의 목소리를 잡음으로 하여금 방해받고 싶지 않았다. 그녀가 이야기를 시작했다. 그녀의 목소리는 차분하면서도 굉장히 낮았다.

― 31일이 지났네. 요 며칠 무수히 많은 감정들이 나를 찾아왔어. 이렇게 이야기한다는 것 자체도 많이 힘들었고. 지금 당신 살아있을까?
"응 살아있어. 아주 건강하게."

― 내 목소리를 듣고 있을까?
"응 듣고 있어. 아주 자세하게."

― 내가 직접 연결된 이유는 DJ와 여타 다른 사람들이 이 편지를 당신에게 차마 전하지 못하겠다 말했기 때문이야.

김미진이 한참을 뜸을 들였다. 그가 긴장했다. 어둠 속에서 적막한 두려움이 그를 찾아들었다. 분명 문제가 생겼다! 라는 체념이 그와 가까워지고 있었다. 그녀가 다시금 입을 열 때까지는 오랜 시간이 흘렀다.

－ 여보, 나 힘들어. 수진이도, 나도 너무 힘들어 죽겠어. 어떻게 해야 할지 수도 없이 고민했어. 사람들은 우리를 찾아와 욕을 하고 협박했어. 당신 때문에 억울하게 누군가가 죽었다면서 우리를 저주했어. 나는 당신 때문이 아니라 믿었어. 사실이니까. 부실 공사를 한 사람들과 그 돈을 횡령한 자들의 책임이니까. 그런데 나도 모르게 그들의 의견에 적응하고 있었어. 모두가 그렇게 말하니 나도 따라야 할 것 같았어. 그리고 지금 나는 당신에게 가장 아프면서도 미안한 말을 하려 하고 있어.

　그가 이곳에 있은 후로 가장 두려운 표정을 지어 보였다. 깡마른 얼굴 속에 그의 눈빛이 빛나고 있었다. 어떤 말을 하려 하는 걸까? 라는 질문보다는 부디 그 말만은 하지 말아줘, 라는 애절이 그에게 더 간절했다. 그 누구에게 들어도 견뎌낼 수 있는 말이었지만, 김미진에게 듣는다면 견뎌낼 수 없을 것 같았다. 그녀는 이미 그가 죽었다 확신하고 있는지 잔인하게 이야기를 이어갔다.

　－ 당신이 살아있다고 그 누구도 믿지 않아.
　"살아있어. 나 지금 살아있다고."

　－ 사람들은 모두 당신이 죽었다 생각하고 있어. 최장시간, 사람의 한계를 뛰어넘은 시간이라 말하고 있어.
　"아니야. 난 살아있어. 살아있단 말이야."

─ 기대를 하고 있는 누군가는 바보 취급을 당하고 사람들의 공격을 받아.

　"살아있잖아. 지금 살아서 구조를 기다리고 있잖아. 왜 그래. 그러지마. 그렇게 생각하지 말라고. 살아서 구조될 때만을 기다리고 있단 말이야."

　─ 만약. 만약에 살아있다고 하더라도, 그만 삶을 포기해. 더 이상의 구조는 없을 테니까.

　"안 돼!"

　이정수가 소리치며 벌떡 일어났다. 어디에서 그런 힘이 생겨났는지 초인적인 비관은 그에게 극한의 힘을 선사했다. 그가 밖으로 나가 소리쳤다.

　"아무도 없어요! 나 살아있어요! 살아있으니까 구조 좀 해줘요! 나 살아있다고요!"

　이정수의 애타는 절규 속에서도 김미진은 차분하게 말을 이어 갔다.

　─ 내가 구조를 중지하라 했어. 수진이와 나는 하루하루가 공포야. 사람들은 우리를 죽이려 해. 수진이를 지켜야 했어. 나를 지키고 남아 있는 우리를 지켜야 했어. 여보. 나를 원망해. 미워하고 증오해. 당신이 살아있다면, 영원히 나를 용서하지 마.

"살아있단 말이야! 여기에서 나가기 위해 살아있었다고! 당신 무슨 소리를 하는 거야!"

— 나도, 그 누구도 당신이 살아있다 믿지 않아. 그렇기에 이렇게 편안하게 이야기할 수 있나 봐. 덤덤하게 말할 수 있나 봐. 잔인하지만, 당신이 듣지 못할 거라는 생각에 거침없이 말하고 있나 봐. 그냥 당신이 죽었다 믿는 게 사람들과 섞일 수 있는, 평화를 유지할 수 있는 유일한 방법인 것 같아. 그래서 그래. 그렇게 믿을래. 아니, 이건 사실이고 명백한 정답이라 생각할게.

"미쳤어! 모두가 미쳤다고! 살아있어! 살아서 이렇게 소리치고 있잖아!"

— 미안해요. 그리고 사랑해요. 당신이 죽었다고 해도, 당신만을 사랑할 게요. 영원히 당신을 잊지 않을 게요.

"무슨 헛소리야! 멀쩡하게 살아있어! 왜 죽은 사람 취급하는 거야! 믿는다며! 내가 살아서 나갈 것을 믿는다며!"

우연일까? 이정수의 뺨에서 눈물이 흘러내릴 때 그녀의 흐느낌이 스피커를 통해서 전해졌다. 그녀의 무덤덤한 행동에 울분을 참지 못했던 그의 흥분된 증오는 그녀의 울음이 들려오자 언제 그랬냐는 듯이 차분하게 가라앉고 있었다. 그가 차에 몸을 기댄 채 스르르 주저앉았다. 느낄 수 있었다. 그동안 그녀가 당했던 모

든 서러움과 두려움이 그에게 고스란히 전해지고 있었다. 그녀의
눈물과 원통함의 소리가 모든 것을 대변해 주고 있었다.

　－ 잊지 말아요. 죽어서도, 나와 수진이 잊지 말아요. 우리 사랑
이 아직 끝나지 않았음을 기억해요. 아직 우리 할 일이 많은데.
더 많은 추억을 만들어야 하는데 먼저 당신이 떠남에 억울해 하지
도 말아요. 기억할 테니까. 당신이 말했잖아. 기억은 과거를 머릿
속에서 다시 살아보는 거라고. 꼭 기억할게. 그래서 매일 당신과
의 삶을 머릿속에서 살아갈게. 사랑해요. 사랑해요.
　"흑흑. 빌어먹을. 좆같아. 씨발. 엿 같고 짜증나."

　－ 사랑해요. 당신을 사랑해요. 사랑해요. 하악! 사랑해요.
　"말도 안 돼. 씨발. 개 같은 새끼들. 나는 살아있다고."

　－ 사랑해요. 사랑해요. 사랑해요.
　"다 죽여 버리고 싶어. 씨발 새끼들 다 뒈져버려!"

　－ 사랑해요. 사랑해요. 사랑해요.

　이정수가 몸을 일으켰다. 비틀비틀 차 안으로 들어가 앞좌석을
정신 나간 사람처럼 뒤지기 시작했다. 어둠에 익숙해진 그는 능숙
한 손길로 라이터를 찾아냈다. 그가 라이터를 켜 주위를 둘러보았

다. 라디오에서는 여전히 김미진이 그를 사랑한다. 이야기하며 울고 있었다. 그가 룸미러로 자신의 모습을 비춰보았다. 악귀. 해골만 남은 악귀와 같은 모습이었다. 그가 중얼거렸다.

"나. 죽었는지도 모르겠다. 영혼이 되어 버렸는데 나 혼자만 살았다고 믿는지도 모르겠다. 나는 죽은 걸까? 정말 죽은 걸까?"

─ 사랑해요. 사랑해요. 사랑해요.

이정수가 화장지를 풀어헤쳤다. 남아 있던 화장지들을 충분히 바닥에 깔아 놓았다.

"망령은 사라져야지. 사라지는 게 옳은 일이겠지. 그래. 지켜 줄게. 흑흑. 지켜 줄게. 그 빌어먹을 새끼들한테서, 당신과 수진이가 안전하도록. 지켜 줄게. 내가 죽으면 되는 건가? 꼭 지켜 줄게. 그게 내 임무니까. 그게 당신과 수진이를 위한 길이니까. 난 당신과 수진이를 지켜야 하니까."

이정수가 화장지에 불을 붙였다. 불길이 조금씩 차 안 전체를 감싸 안았다. 라디오에서는 김미진의 애절한 목소리가 쉬지 않고 슬픔과 함께 새어나왔다.

─ 사랑해요. 사랑해요. 사랑해요.

"여보. 나도 사랑해. 당신을, 사랑해. 그래도 다행이야. 당신 목소리를 들으면서, 사랑한다는 말을 들으면서 죽을 수 있어서."

─ 사랑해요. 사랑해요. 사랑해요.

"나도 사랑해. 사랑해요. 사랑해요."

─ 사랑해요. 사랑해요. 사랑해요.

"사랑해요. 사랑해요. 사랑해요."

─ 사. 랑. 해. 요.

"사. 랑. 해. 요."

─ 사.............랑.......해..요.

"사..............랑.......해..요."

─ 사.........랑..........

"사..........랑......."

이정수가 터널에 갇힌 지 32일째. 구조는 중단되고 터널을 허무는 작업이 시작된 지 이틀 만에 그의 불타버린 차량이 발견되었다. 그의 자살 추정 시간은 이틀 전으로 확인되었다. 그가 죽었다 말하던 여론과 언론은 모두가 침묵했다.

이정수 사망 3일째. 그의 장례가 치러졌다. 빈소는 적막함 자체였다. 그 누구도 그를 찾지 않았다. 어마어마한 금액의 보상금이 김미진의 손에 전해졌다.

이정수 사망 5일째. 언론을 통해 김미진이 보상금을 지급받았다는 소식이 전해졌다. 사람들은 그의 죽음의 책임을 그녀에게 돌리려 했다. 새로운 놀이를 발견한 이들은 다시 컴퓨터 앞에 앉아 손가락을 놀리기에 바빴다. 그를 자살로 몰고 간 그녀를 비난하고 나섰다. 그의 죽음으로 사라졌던 사람들은 다시 그녀의 아파트 주위에 몰려들기 시작했다. 이번 놀이의 주제는 남편을 죽음으로 몰고 간 잔혹한 마녀라는 말도 안 되는 주제였다. 이정수가 죽었다 말했던 사람들은 예수와 부처와 같은 성스러운 이름으로 다시 태어났다. 그들은 비윤리적 행위에 대한 질타에 앞장섰고 그녀는 공동의 적이자 민중의 재판을 받아야 하는 새로운 죄목의 죄인으로 여론의 재판장에 서야 했다.

11

마녀사냥

이정수가 사망한 지 15일째. 김미진의 사투는 끝나지 않았다. 여전히 많은 인파가 그녀의 집 앞에서 농성을 벌이고 있었다. 모든 방송과 언론 매체는 그녀의 마지막 라디오 방송에 주목했다. 죽어달라는 비윤리적 말로 자살을 유도한 그녀에게 법적 책임을 물어야 한다는 이야기들이 줄을 이었다. 간접살인이라 칭하는 이도 있었고, 살아있는 자를 죽음까지 몰고 갔으니 직접살인이라고 봐야 한다는 사람들도 있었다. 그가 죽고 나서 그녀에게 전해진 유품들이 화제가 되기도 했다. 수진이의 생일 케이크는 타다 남아 있었다. 그가 죽는 순간까지 지키려 했던 그녀에게 써내려간 편지들도 그녀에게 전달되기 전 언론에 낱낱이 공개되었다. 그의 진한 로맨스의 슬픔은 사람들로 하여금 그녀를 증오하게 만들었다. 그

의 아름다운 순정을 무참하게 짓밟았다는 비난이 그녀를 공격해
왔다. 보상금 때문에 눈이 멀어 자행된 계획적 살인이라 말하는
사람들도 있었다. 어느 인터넷은 그녀가 내연관계의 남자가 있었
다는 말도 안 되는 소문을 악의적으로 퍼뜨렸다. 소문은 사실과
같이 적나라한 내용을 담고 있었다. 그가 주말에만 오는 사람이었
기에 그녀는 외로워했고 그로 인하여 우연하게 동창을 만나 사귀
게 되었다는 탄탄한 시나리오를 가지고 있었다. 어느새 그녀를
증오하는 카페가 개설되었다. 그녀를 비난하는 안티 카페는 사람
들을 불러 모으기 충분했다. 2틀 만에 회원 수는 수십만에 달했고
카페지기는 진실이라는 메뉴를 만들어 그녀에 대한 말도 안 되는
소문들과 그동안의 루머를 사실과 같이 포장하여 게재하였다. 카
페가 만들어지자마자 언론은 재빠르게 보고했고 회원 수는 기하
급수적으로 늘어갔다.

　　그동안 언론이 그녀를 비난했던 내용은 찾아볼 수 없었다. 오로
지 그녀의 행적에 대한 말도 안 되는 사실을 근거로 만들어진 카
페는 그녀에게 강력한 처벌을 내려야 한다고 외치고 있었다.

　　어느 회원들은 각자 일인시위를 하는 날을 지정하여 법원과 그
녀의 집 앞에서 출근도장을 찍고 있었다. 점점 사태는 악화되었
다. 새로운 정보라고 공개한 글은 또 다른 논란을 가져 왔다. 수진
이는 사실 이정수의 아이가 아니며 동창과의 내연관계에서 태어
난 아이이다, 라는 어처구니없는 내용이었다. 자극적인 내용이 난
무했다. 사람들은 아무런 대응도 하지 않는 그녀의 모습에 카페에

기재된 내용들을 기정사실로 인정하고 받아들였다. 남편이 떠난지 15일밖에 되지 않은 애처로운 과부에게 힘이 있을까? 하루를 지옥과 형님동생하며 지내는 그녀에게 대응이라는 여유가 있기는 한 것일까? 사랑을 떠나보낸 지 며칠이 되지도 않았는데 그를 죽음으로 내몰고 간 사람들 앞에 설 수 있는 사람이 과연 몇이나 될까? 그녀의 입장을 생각하지 않는 사람들의 악랄함은 그녀를 세상에서 둘도 없는 파렴치한 여자로 만들었다. 그녀가 세상을 떠나지 않는 한, 대중이라는 사람들이 사라지지 않는 한, 컴퓨터가 사라지지 않는 한, 방송과 언론이 사라지지 않는 한, 끝나지 않는 마녀사냥이 시작된 것이다.

김미진을 고소하는 소장이 접수되었다. 그녀를 비난하는 30명의 사람들이 정의 실현을 위한다는 명목으로 접수를 했다. 여론은 정의 사회를 위한 길에 앞장서는 이들이라며 그들을 칭송했다. 고소장을 접수한 회원들은 마스크를 쓰고 기자들 앞에 서서 당당하게 승리를 자신하는 손을 번쩍 들어 보였다. 카페지기는 어느새 여론의 우상, 정의를 위한 존재로 인식되었다. 언론은 카페지기를 인터넷 왕과 같이 추대했고 반드시 정의를 실현시켜야 한다. 목소리를 높였다. 그들은 그녀를 끝도 없이 추락시켰다.

김미진의 죄목은 살인, 불륜, 사기라는 말도 안 되는 죄목이었다. 그들은, 여론은, 대중은, 그녀를 마녀로 몰아넣고 있었다.

전문가가 기자회견을 자청했다. 고소장까지 접수된 마당에 그의 양심은 그녀를 지켜줘야 한다. 이야기하고 있었다. 며칠 전, 이정수의 마지막 편지가 그에게 전달됐다. 불에 타 죽으며 써내려 간 글이었다. 고통스러웠는지 그의 글은 짧았다.

— 선생님, 이게 가족을 지킬 수 있는 마지막이라면 감내하겠습니다. 나머지 부분을 부탁드립니다. 우리 아내와 수진이, 지켜 주십시오.

눈물 자국이 선명한 이정수의 편지. 잉크가 번진 부분들이 군데군데 그의 슬픔을 대변하고 있었다. 전문가가 기자들 앞에 당당하게 섰다.

"언제까지 이정수 씨에게 상처를 주려 하십니까."

기자들은 플래시만을 터트릴 뿐이었다. 마지막까지 최선을 다했던 그는 패잔병으로 낙인찍혀 있었다. 구조를 중단하라 외치던 사람들은 어느새 그를 한 가장을 죽음으로 내몬 제2의 죄인이라 칭하고 있었다. 이정수의 편지는 간사한 여론을 확실하게 뒤집었다. 득이 아닌 치명적인 독으로 여론을 유혹하고 있었다.

"구조중단을 외치며 유족들에게 온갖 질타와 비난을 쏟아 붓고 폭력을 행사하던 이들은 어디로 사라진 겁니까! 당신들이 원하던 일이 아니었습니까! 왜 지금에 와서 말도 안 되는 이야기를 지어내며 유족들을 끊임없이 괴롭히는 겁니까!"

기자들은 전문가의 이야기를 받아 적기만 할 뿐이었다. 그들은 항변하지 않았다. 이미 그들은 논리적인 어떠한 타당함도 자신들에게 남아 있지 않다는 것을 깨닫고 있었다. 하지만 사람들은 자신의 죄를 어떻게 해서든 용서받길 바란다. 역사가 증명해 주고 있었다. 그 내심을 이용하여 오래 전 면죄부라는 어이없는 면책권을 사고팔기도 하였다. 기자들도 그랬다. 자신들에게 면죄부가 절실했다. 기자들은 자신들의 자극적 기사에 농락당한 누군가에게 용서를 받기 위한 술수에 열중했다.

기사들은 전문가가 말한 부분들을 적절하게 빼고 넣기를 반복했다. 기사 타이틀은 그를 비양심적인 사람으로 몰아가고 있었다.

― 여론에 책임을 떠넘기는 전문가. 과연 자격이 있는 것일까?
― 여론의 심판을 거부하는 사고현장 책임자.
― 정의에 항변하는 구조 책임자의 발악.

여론은 분노했다. 기사의 내용은 가관이었다. 전문가가 사건의 책임을 회피하고 구조작업의 포기를 대중에게 돌리고 있다는 내용들이었다. 구조자가 살아있다고 자신하던 그였고 타당한 근거들, 즉 영양제를 섞은 물을 공급하기에 장시간 살 수 있다는 증거까지 제시하며 강력하게 반대했다 말하고 있었다. 하지만 기사는 그 내용을 과감하게 삭제하고 여론으로 인하여 어쩔 수 없이 구조를 포기할 수밖에 없었다며 대중을 비판하는 그의 마지막 말만을 보도했다. 기사를 읽은 대중들은 자신들도 면죄부를 받기 위해 몸부림쳤다. 누군가를 죽음으로 몰아넣은 것은 자신들이 아니라 외치고 싶었다. 기사를 본 사람들은 열심히 면책을 받기 위해 손가락을 놀려댔다. 그렇게 자신 있었으면 끝까지 포기하지 말았어야지, 라는 내용의 의견들이 줄을 이었다. 이 사람이야말로 살아 있는 걸 알면서도 살인을 방관한 죄인이다! 라고 간접살인을 주장하는 이들도 있었다. 반성의 기미는 없었다. 만약 전문가가 하나하나 그들을 찾아가 따진다면 그들은 할 말을 잃고 고개를 숙이겠지만 여럿이 모여 대중이 되면 반성보다는 자신들의 치우친 기준에 정당성이 있다 주장하게 된다는 것을 그는 이미 알고 있었다. 그들의 목소리는 한 사람의 이야기가 아닌 여럿의 공통된 이야기이기에 그렇다. 정의는 옳고 그름을 떠나 다수가 정정당당함을 주장하면 그것이 바로 정의가 되는 것이다. 결국 치졸하고 사악한 무언가일지라도 다수가 옳다 하면 정의의 가면을 당당히 쓸 수 있는 것이다. 이미 그들은 스스로에게 정의를 부여하고 그들과 어긋난 생각들을 이단이고 악이라 부정하고 있었다.

문득 전문가는 오랜 시절 자신이 대학에서 심리학을 배울 때 교수님이 했었던 이야기가 떠올랐다.

"공산주의란 말이지. 아주 완벽한 법이다. 그런데 사람들은 공산주의가 악의 상징이라 생각하지. 특히 대한민국 사회에서는 말이야. 북한은 공산주의의 가장 아래에 기초되는 사회주의를 따르고 있네. 사회주의와 공산주의는 엄연하게 다른 차원의 법이지.

헌데 사람들은 북한이라고 하면 공산당을 인식하네. 사회주의가 나쁜 정치인데 다수가 공산주의라 말하니까 공산주의는 악한 정치라 생각하고 있지. 그런데 말이지. 사실 공산주의는 완벽한 법이라네. 서로가 잘살고 서로가 배부르게 살 수 있는 사회를 꿈꾸고 평등을 중요시하는 체제이니까. 다만 인간이기에, 이기심과 욕심이라는 욕망을 버릴 수 없기에 이룩할 수 없는 것이지. 신만이 이룩할 수 있는 정치라 생각하는 것이 옳다. 사람들이 말하는 천국에서나 있을 수 있는 체제이지. 그런데 우리는 공산주의 하면 반역이니 빨갱이니 하는 소리부터 지껄여. 왜 그런 줄 아나? 다수가 공산주의는 나쁘다 생각하기 때문이야. 기본적으로 생각해 보게. 모두 잘 먹고 잘살자는 일이 왜 나쁘다는 건가? 알면서도 그들은 다수가 나쁘다 하니 같은 소리를 내는 거야. 빈부를 없애자는 건데 좋은 사상이지 그게 나쁜 사상인가? 집단, 결속은 무서운 거야. 자! 공산주의를 인용해서 조금 더 깊이 들어가 볼까? 북한은 우리를 적으로 여기고 있지. 그들 역시 다수가 사회주의체계가 정의롭다 생각하기 때문이야. 우리는 북한은 적이며 멍청한 사상에 중독되었다 믿고 있지. 내 말이 무슨 뜻인지 알겠나? 우리는 지금 북한이 상당히 잘못된 길을 가고 있다는 걸 느끼지만 그들은 느끼지 못하고 오히려 우리를 욕하고 비방하고 있지. 다수가 옳다 믿으니 그것이 곧 정의가 돼 버리고 부정하는 이들은 적이 되고 악이 되는 거야.”

전문가는 오래전 들었던 강의에 공감을 넘어선 동감, 동감을 넘어선 강의 자체에 동질감을 느끼고 있었다. 집단을 형성한 다수의 사람들은 전문가를 살인자라 이야기하며 강력한 처벌을 요구하고 있었다. 그는 마지막에 교수가 했던 말을 간과한 자신을 책망했다.

"다수가 옳다고 믿으면 부적절한 논리도 기가 막힌 논리가 돼. 다수가 옳다 믿으면 비정상적인 사고들이 정당화되는 것이 사회야. 다수가 옳다 믿는 것에 반기를 들지 말게. 만약 자네들이 사회지도층이 되거나 정치를 한다면 다수의 의견이 옳지 못해도 따르게. 정치인들은 우리보다 심리학을 더 잘 알지. 그러니 대통령이 되고 국회의원이 되는 거야. 다수의 의견을 무시했다가는 반역자가 되고 의롭지 못한 자가 돼 버리니까. 억울해도 참을 줄 알아야돼. 조용히 묵살하는 방법 이외에는 그 무엇도 없다네. 만약에 그럴 수 없을 지경까지 이르렀을 땐 다수에게 무릎 꿇고 사죄하게. 그들은 정의는 승리한다는 일념이 있기 때문에 그들 앞에 무릎꿇는다면, 죄를 묻긴 하겠지만 시들해진다네. 그들은 그 힘을 정의라 생각하고 자비를 베풀어야 한다 생각하니까 말이지. 정의가 실현되었다 믿으면 금방 다른 상대를 찾게 된다네. 자신들의 논리와 다른 소수의 누군가를 또 다시 찾아 응징하려 하지. 그들에게는 최고의 쾌락을 가져다주는 일이니까. 정의가 승리했다는 무엇과도 바꿀 수 없는 쾌락."

전문가는 교수의 말을 떠올리며 중얼거렸다.

"절대 무릎 꿇을 수 없습니다. 더러운 말도 안 되는 논리에 패잔

병이 되기는 싫습니다. 아! 한 가지 더 말씀하셨었지요. 하지만 소수의 힘이 이기면 투사가 된다. 희생되고 피투성이가 될지라도 투사가 되는 길을 택하겠습니다."

김미진의 집은 경찰인력이 투입되었다. 농성이 과열되어 그녀의 집 문을 부셔져라 두드리는 사람들이 넘쳐났다. 처음 누군가가 나서자 사람들은 우르르 그녀의 집으로 몰려들었다. 입에 담지 못할 말들을 배설하며 있는 힘껏 문을 두드렸다. 경찰이 사태 진압에 나서고서야 사람들은 강제 해산되었다. 오랜만에 조용해진 집안에서 그녀가 이정수의 편지를 읽고 있었다. 그녀가 마지막 라디오 사연을 전하기 전 그는 씩씩했다. 배가 고프다. 집에 가고 싶다. 보고 싶다, 라는 마음 약한 소리들이 빼곡히 적혀 있었지만 마지막 부분에는 항상 '하지만'이라는 글자가 들어가 있었다. 편지들을 읽다 보니 오열할 수밖에 없었다. 당장이라도 밖으로 뛰쳐나가 사람들에게 소리치고 싶었다. 왜 나를 그리 못 살게 구느냐며 반박하고 싶었다. 폭력을 행사하는 이들을 처절하게 응징하고 싶었다. 한장 한장 그의 마음을 담은 편지들을 읽어 내려가며 그와의 기억을 끄집어냈다. 머릿속에서 그와 함께 살고 싶었기 때문이다.

"나는, 모든 걸 빼앗겼는데, 사람들은 왜 아직도 나를 비난하지? 왜일까? 당신의 죽음으로 만족하지 못하는 건가? 얼마나 더 많은 자극적인 것들을 그들에게 선물해야 잠잠해질까? 정말 괴. 롭. 다."

사랑하는 당신에게 보내는 마지막 편지

> 시간이 없어. 당신이 원하는 대로 그만해야 할 것 같아. 나도 내가 살아있는지 죽어 있는 건지 모르겠어. 죽었는데 망령으로 남아서 구조되길 기다렸던 것일까? 사람들이 옳은 것일까? 이런 상상을 해 봤어. 구조대가 왔는데 이미 내 시체는 썩어 있고 나를 보지 못한 사람들이 시체만 꺼내가는 끔찍한 상상. 만약 이 편지가 전해진다면 아직 나는 죽지 않은 상태일 거야. 이 편지가 전해졌으면 좋겠다. 그럼 나는 살아있었던 거니까. 사랑해. 사랑해. 내 사랑. 사랑해요. 이게 최선이라면 원망하지 않을게. 행복을 위해서.
>
> 안.......녕.

12

더러운 욕망의 배설자들, 사회적 타살

김미진이 이른 아침 경찰들과 함께 경찰서로 향했다. 고소장이 접수되었기에 조사를 받아야만 했다. 그녀의 신변을 보호하기 위한 조치가 취해졌다. 경찰차는 세 대가 움직였고 그녀를 경호하는 팀까지 꾸려져 있었다. 그들의 배려는 형식적이었다. 차 안에 들어서자 남자 경찰관은 대놓고 담배를 한 대 태우기 시작했다. 그녀가 들으라는 듯 운전을 하는 후배 경찰에게 말했다.

"세상이 어떻게 돌아가는지 모르겠어. 빌어먹을. 내가 살아생전 별별 놈들을 다 봐 왔지만 이런 경우는 처음이네."

후배 경찰은 선배님 그만하세요, 라고 나지막하게 속삭였다. 중년의 경찰은 아랑곳하지 않았다.

"아 왜! 내가 틀린 말했어?"

김미진은 아무런 말 없이 경찰서로 향했다. 미리 준비하고 있던 형사가 그녀를 조서실로 데려갔다. 그녀는 침착하게 형사를 따라갔다. 작은 공간에서 그녀는 형사가 묻는 질문에 성실하게 대답했다. 미란다 원칙을 설명해 준 형사는 그녀에게 이름과 주민등록번호 주소를 이야기하라 했다. 그녀는 죄인처럼 기어들어가는 목소리로 대답했다. 형사가 고소장의 내용을 알려주었다. 머리가 멍해지고 어이없는 소설과 같은 내용에 그녀는 거칠게 항의하고 싶었다. 병어리가 된 것일까? 그녀는 입 밖으로 소리를 내지 못하고 있었다. 모두가 인정하는 죄인이라는 강한 압박이 그녀를 끈질기게 억누르고 있었다.

　　"먼저 불륜에 대한 소장은 근거 불충분으로 누락되었습니다. 따님이 혼외 자식이라는 소장 역시 그렇고요. 그런데 살인에 대한 부분은 조서를 꾸며야 할 것 같습니다. 어디 보자. 그날이…… 몇 시경이었죠? 아! 10시경이구나."

　　형사는 그녀가 불필요하게 대답해야 할 부분들의 빈칸은 자신이 직접 채워나갔다. 본론으로 들어간 형사는 날카롭게 말했다.

　　"라디오 방송을 통해 자살을 하라 남편분께 강요한 부분이 사실입니까?"

　　"……"

　　"증거자료가 있어요. 라디오 녹취 자료가 남아 있습니다. 사실입니까?"

　　이런 황당한 경우가 또 있을까? 질문과 답변만을 해야 하는 상황. 그녀는 어이가 없었다. 하지만 그녀는 네, 라고 대답해야 했다. 분명 이정수에게 죽어 달라 이야기했으니까.

"사망사건일 때 더 많은 보상금이 나온다는 것을 알고 있었나요?"

"아니요."

"그런데 왜 남편에게 죽을 것을 강요했나요?"

"사람들이 모두 죽었다 말했습니다. 희망 없는 상태라고요. 그리고 무서웠습니다. 매일같이 집에 쳐들어오는 사람들과 폭력을 행하는 사람들 때문에요."

형사는 김미진의 말을 듣다 사적인 이야기를 꺼내며 그녀를 혼냈다.

"그런다고 남편에게 죽으라는 말을 꺼내요?"

김미진이 즉각 대응했다.

"형사님. 이런 상황에 있어 보셨어요?"

"그래도 그렇지 남편에게 죽으라고 이야기하는 게 정상입니까? 나 같으면 마누라 평생 원망하며 저주할 겁니다. 에잇!"

형사가 더러운 말을 들었다는 듯 애꿎은 귀를 손가락으로 쑤셔댔다. 김미진은 어떠한 행동도 보이지 않았다. 그저 고개를 숙이고 얌전한 아이처럼 조사를 받을 뿐이었다. 오랜 시간 조서는 꾸며졌다. 항변할 수 없는 질문들 속에 그렇습니다. 아닙니다, 만을 반복할 수밖에 없었다. 빠른 손놀림으로 익숙하게 조서를 꾸미던 형사가 마지막 질문을 던졌다.

"마지막으로 하실 말씀 없습니까?"

그녀가 머뭇거렸다. 형사는 없으면 안 하셔도 됩니다, 라고 말하고 급하게 마무리하려 했다.

"잠시만요."

"하실 말씀 있으세요?"

"저는 남편을 사랑합니다. 죽음으로 몰아넣은 죄인의 몸일지라도 그이를 사랑했고 지금도 사랑합니다. 수진이를 지키기 위한, 스스로를 지키기 위한 싸움에 희생된 그이를 사랑합니다. 영원이란 어이없는 단어를 사용하겠습니다. 그것만이 나와 남편의 사랑을 증명해 줄 테니까요. 그 누가 믿지 않아도 나는 그이를 사랑하고 그이는 나를 사랑합니다."

형사가 인상을 찌푸렸다. 무슨 말이야? 라는 표정으로 그녀를 잠시 바라보았다. 그녀의 긴 변명을 그는 간단하게 함축해서 받아 적었다.

— 선처를 부탁드리겠습니다.

전문가가 서울의 한 경찰서로 향했다. 관할 지역에서 날아 들어온 소환장이었다. 분명 책임을 묻는 자리일 거라 생각했다. 역시나였다. 경찰서로 들어서자 그는 김미진이 조서를 받은 비슷한 모양의 방으로 끌려갔다. 그에게 담당 형사가 커피 한 잔 하시겠습니까? 라고 물었다. 그는 괜찮습니다. 그리 길지 않은 시간 안에 끝내겠습니다, 라고 대답했다. 그의 신분증을 확인하는 형식적인 절차부터 조사가 시작되었다. 사건의 경위를 묻는 질문에 그는 신중하게 대답했다.

"위에서 지시가 떨어졌습니다. 구조중단을 요구했지요. 저는 구조를 강행하겠다, 했고 그럼 여론을 납득시킬 만한 기자회견을 열라 요구했습니다. 곧바로 기자회견을 열어 그는 살아있다 이야 기했습니다. 구조중단은 김미진 씨가 먼저 요구한 것이 아닌 여론 과 위에 있는 분들이라는 것을 잊지 마십시오. 간접살인? 그 죄는 대중과 비리를 저지른 시공사, 사업소, 권력의 중심에 있는 노친 네들이 저지른 죄입니다."

전문가의 똑부러진 대답에 형사는 방관죄와 임무수행에 대한 추궁을 포기했다.

"그럼 음주운전으로 사고를 낸 트럭기사에 대한 직무유기는 인 정하십니까?"

전문가는 거침없이 대답했다.

"직무유기라고요? 구조작업이 끝나고 나서 벌어진 일입니다. 알 아보았더니 새벽 1시에 일어난 사고였고 우리의 퇴근시간은 6시, 뒷정리를 하고 끝난다 하더라도 7시입니다. 근무 도중 음주는 없었 습니다. 퇴근 후의 일까지 관리할 만큼 인력이 된다고 보십니까? 형사님 조금 다른 방식으로 접근해 볼까요? 형사님 후배가 경찰서에 서 퇴근 후 싸움이 벌어졌습니다. 형사님은 후배 경찰의 싸움 사실을 모른 채 다음날 뉴스를 통해 전해 듣게 되었습니다. 그럼 형사님은 직무유기에 해당합니까? 그 잘못이 왜 김미진 씨의 도덕성이나 저의 도덕성을 의심하는 잣대가 되어야 하는 겁니까?"

이번에도 형사가 두 손을 들었다. 조서가 쉽게 꾸며지지 않았다. 위에서 원하는 대로, 기자들이 원하는 방향의 조서를 꾸미기 위해 안간힘을 썼지만 쉽지 않았다. 형사는 두려웠다. 자신이 맡은 사건이 혐의 없음이라는 판결을 받게 되었을 때 여론은 분명 경찰에 대한 비난과 자신을 탓할 것이 불 보듯 뻔했기 때문이다. 무덤덤하게 앉아 있는 전문가와는 달리 형사의 이마에는 송골송골 땀방울이 맺혔다.

"질문을 다른 방향으로 하겠습니다. 이정수가 살아있다 확신했었습니까?"

"네."

"그럼 구조중단의 압력을 받는다 해도, 유족들이 중단을 하라 했어도 이행했어야 하는 것이 아닙니까?"

전문가가 씁쓸하게 웃었다.

"양심적인 부분을 말씀하시는 겁니까? 아쉽게도 제가 여기에서 인정하더라도 법적인 책임은 지지 않을 것 같군요. 양심적인 이행에 관한 도덕적 윤리관만이 손상될 뿐이네요. 하지만 죄를 묻지 않는 질문이라도 저는 아닙니다, 라고 대답하고 싶습니다. 최선책을 택했습니다. 여론에 고통 받으며 위태위태한 모습을 보이는 유족들을 저는 챙겨야 했습니다. 김미진 씨는 정신적으로 굉장히 황폐해져 있었고 수진이마저 우울증과 불안 증세를 보였습니다. 이정수 씨가 살아있다 확신했지만 모든 사람을 설득시킬 수 없었습니다. 사람들은 이정수 씨가 죽었다 믿었고 그 믿음은 너무 강했습니다. 제 능력 밖의 일이었습니다. 제가 구조를 중단 시키지 않았어도 벌어질 일이었습니다. 자. 가정을 해봅시다. 제 가 구조를 강행했다는 가정하에 며칠을 더 끌고 나갔다고 칩시다. 그럼 물리적인 중단과정이 생길 것입니다. 마을의 주민들이나 아 니면 어느 단체들, 아니면 높은 어르신들의 공권력이 침략해 왔을 겁니다. 그렇게 생각하지 않으십니까?"

이번에도 전문가의 승리였다. 형사는 다른 방법을 강구해야 했 다. 어떤 말로도 그를 이길 수 없다 직감했다. 책임에 관한 문제는 김미진에게 모두 뒤집어씌울 것을 다짐한 형사가 교묘하게 질문 을 바꿨다.

"이정수 씨의 직접 사망원인은 화제죠?"

"그렇습니다."

"화제는 라이터로 화장지에 불을 붙여 난 사고인데 실수가 아 닌 고의적인 방화죠?"

"예, 스스로가 목숨을 끊은 것으로 보고 있습니다."

"사망시간은 김미진 씨가 라디오에서 사연을 읽은 그 시점이라 추정되는데 맞습니까?"

"……"

전문가가 머뭇거렸다. 형사의 의도를 뒤늦게 파악한 것을 후회 하고 있었다. 형사가 승자의 미소를 보였다. 그의 눈 밑 근육이 경련을 일으켰다.

"김미진 씨의 라디오 사연을 듣고 자살한 것으로 추정된다. 저희도 결과를 통보받았습니다. 선생님의 의견은 어떠신지요?"

"지금 모든 책임을 김미진 씨에게 돌리려 하십니까? 그를 죽음으로 몰아넣은 사람이 그의 아내라 생각하시는 겁니까? 그렇게 상황을 만든 사람들은 누구입니까?"

"그래요, 그게 누구입니까? 이름을 대보세요."

"……"

형사가 보란 듯이 입 꼬리를 올렸다. 전문가가 답답한 가슴을 쓸어내리려 한숨을 내쉬었다. 누군가의 희생양이 필요한 지금이었다. 그 희생양으로는 힘없는 김미진이 제격이었다. 모든 사람의 죄를 그녀가 감당해야 한다. 의견이 모아지고 있었다. 그가 주머니에 손을 넣고 담배를 꺼내 책상 위에 올려놓았다.

"담배 한 대 태워도 되겠습니까?"

형사가 고개를 끄덕였다. 그는 담배에 불을 붙이며 아무 말 없이 뿌연 연기와 함께 명상에 잠겼다. 형사는 참을성이 좋았다. 그의 입이 열릴 때까지 느긋하게 기다려 주었다. 담배가 반쯤 타들어갔을 찰나 그가 입을 열었다.

"책임자가 필요한 거군요. 마녀사냥이 시작되었군요."

"……"

"이름은 모르지만 기사를 뒤져보면 수천 수만 명의 가해자들이 떳떳하게 자신의 신분을 밝히고 그녀에게 살인을 강요했다는 것을 아시지 않습니까? 그들 모두가 이정수 씨를 죽음으로 몰고 간 범인이라는 것을 잘 알고 계시지 않습니까?"

"글쎄요, 명예훼손 정도? 아니죠. 서로가 의견을 제시한 부분은 죄가 되지 않습니다. 죽었을 거라는 의견을 냈다고 해서 그 부분을 살인으로 보기는 어렵습니다. 엄연히 개개인의 의견이며 누군가를 지지하는 편에 섰다고 해서 비방을 했다고 보기도 어렵습니다. 자유롭게 의견을 낼 수 있는 목소리를 가진 나라가 대한민국이니까요."

숱한 악질범들과 싸워온 형사는 적절한 예를 들어 이야기했다. 전문가의 입이 막혀 버렸다. 형사는 말을 이었다.

"김미진 씨에 관해서 사실과 다른 부분을 유포한 자들에 대해서는 명예훼손이 적용됩니다. 불륜 사실이나, 혼외 자식을 두었다는 부분들은 개인의 명예를 모독한 행위에 해당하니까요. 하지만 살인에 관한 죄목에서는 빠져나갈 수 없을 겁니다. 그 누구도 살아있는 이정수 씨를 죽여야 한다 말하지 않았습니다. 그저 죽었을 거라는 추측만이 존재했으니까요."

전문가가 형사를 가만히 바라보았다. 법적인 근거로 따지자면 분명 그들은 무죄였다. 죽이라 말한 적도 없고 그저 추측적인 이야기들과 의견을 내놓았을 뿐이다. 죽었을지 살았을지 모르는 한 사람으로 인하여 무고하게 죽어가는 어르신들을 대변했을 뿐이다. 그는 과연 여론이 정의를 실현했던 것일까? 라는 자신도 모르는 의구심에 사로잡혔다. 내가 옳지 않았던가? 라는 신념의 범위까지 흔들리고 있었다. 그는 의문을 풀기 위해 형사에게 질문을 던졌다.

"그렇다면 그 누구의 잘못도 아니라는 겁니까? 형사님의 말씀이 저에게는 그렇게 들립니다. 김미진 씨가 행하게 된 모든 일들에 대한 책임은 그 누구에게도 없다는 말씀입니까? 오로지 김미진 씨 혼자만의 판단이며 선택이었다고 보십니까?"

형사가 단호하게 말했다.

"적어도 선택을 할 수 있었던 건 김미진 씨뿐이었습니다. 이정수 씨를 살리느냐 죽이느냐는 김미진 씨가 선택을 할 수 있었죠. 폭탄을 터트릴 수 있는 버튼을 쥐고 있었던 사람은 김미진 씨이며 터트리느냐 터트리지 않느냐는 김미진 씨가 선택해야 했습니다."

"결과적인 책임을 묻는 거군요. 그런데 그 결과의 과정은 분명 다른 이들이 강제적으로 폭탄의 버튼을 누르게 한 것이잖아요."

"그녀에게 칼을 들이밀고 협박을 했던 누군가가 있다면 그렇지요. 강제적인 물리적 폭행은 전혀 없는 상태였습니다."

"물리적인 요소만 사람에게 적용된다. 보십니까?"

"거기까지는 잘 모르겠습니다. 단지 저는 법적인 상식의 선에서만 대답하고 질문할 뿐입니다."

전문가가 새로운 담배를 물었다. 불을 붙이며 허공을 바라보았다. 형광등만이 빛을 내고 있는 천장은 그의 머리를 백지장으로 만들었다. 형사가 저도 한 대 태우겠습니다, 라고 말한 뒤 담배를 꺼냈다. 둘은 각자 한숨을 내쉬며 잠시 휴전상태에 들어갔다. 꽤 오랜 시간

침묵을 동반한 적막함이 그들을 감싸 안았다. 담배를 다 태우고 나서도 한동안 말이 없었다. 각자의 사고에 서로가 내놓은 의견을 접목시켜 보았다. 누가 옳고 그른가의 판단은 내려지지 않았다. 혼란뿐이었다. 그는 여론의 마녀사냥으로 생긴 안타까운 비극의 결말이라 생각했다. 형사는 김미진의 어긋난 판단으로 생긴 살인이라 생각했다. 대중을 생각하는 시선도 분명 달랐다. 그는 모두가 이정수를 죽음으로 몰아넣었다, 주장하는 반면, 형사는 언론의 자유와 민주적인 형태의 논쟁이었을 뿐이라 주장하고 있었다. 어떤 의견도 모두 옳았다. 형사가 침묵을 깨고 입을 열었다.

"만약 저였다면, 어땠을까요?"

형사는 전문가와 대화를 이어가면서 혼란이 찾아온 듯했다. 이때 가장 올바른 방법은 입장을 바꿔놓는 일이라 판단하고 전문가에게 물었다.

"형사님의 아내가 터널에 갇혀 있습니다. 살아있다 생각하는데 사람들은 형사님의 아내가 죽었다 말합니다. 그 와중에 터널로 인하여 피해를 보는 사람들이 속출합니다. 사람들은 형사님을 욕합니다. 죽은 사람의 시신을 구하기 위해 산사람들이 피해를 본다고요. 형사님의 집으로 인파들이 몰려듭니다. 농성을 하고 집 문을 두드리며 당장 나와서 처단을 받으라, 협박합니다. 형사님의 딸이 아파 급하게 병원을 가야 하는데 사람들이 길을 막고 형사님을 놓아주지 않습니다. 계란을 던지며 형사님을 욕합니다. 형사님은 억울하겠지요? 그 터널에 갇히게 된 이유는 부실 공사 때문인데 사람들은 형사님의 아내가 갇혔기 때문에 피해를 본다는 단순한 감정으로 접근을 해 옵니다. 어느 순간 모두가 형사님의 아내가 죽었다 말하니 그럴 것이라는 착각에 사로잡힙니다. 아무리 살았다 믿고 싶어도 말도 안 되는 근거들이 난무하며 형사님을 유혹합니다. 자신도 모르는 사이 다수의 의견에 찬성표를 던지고 싶어집니다. 그들에게 반역을 하게 된다면 평생을 비난으로 살아가야 한다는 두려움이 스스로에게 보호본능을 일으킵니다. 따라야 한다는 본능 속에서 형사님도 조금씩 그들에게 다가갑니다. 만약 구조대가 성공리에 터널을 뚫고 들어갔는데 그들의 말처럼 죽어 있다면 지금보다 거센 비난과 비방이 공격해 올 거라는 두려움도 함께하게 됩니다. 불안한 심리상태 속에서 자신도 모르게 아내의 죽음을 받아들이게 됩니다."

형사는 전문가의 말에 눈을 감았다. 자신이 직접 이번 사건의 주인공이 되어 보려 하고 있었다. 전문가는 차분하게 말을 이었다.

"형사님이 대중의 편에 섰다는 걸 보여주기 위해 라디오에 사연을 전합니다. 나도 아내의 죽음을 인정한다. 그러니 제발 나와 아이를 욕하지 말아 달라는 심정으로 위로와 동정을 갈구합니다."

"아! 그럴 수도……."

형사가 긍정을 나타냈다. 전문가가 맞은편에 앉아 있는 형사를 향해 몸을 책상에 바짝 밀착시켰다.

"그런데 알고 보니 아내는 살아있었습니다. 그에 따른 절망은 과연 누가 더 클까요? 아무런 상관없이 키보드질을 하며 떠들었던 사람들일까요? 아니면 형사님일까요? 누가 더 억울할까요? 모두가 살인자가 되었습니다. 그러나 사람들은 자신의 살인을 인정하지 않습니다. 모든 인간은 용서를 원하고 죄가 없는 깨끗한 누군가로 보이고 싶어 하니까요. 그들은 또 형사님을 비난합니다. 아내를 죽인 살인마라며, 자신들이 말했던 부분은 까마득히 잊고 형사님을 살인자로 몰고 갑니다. 어이없는 루머를 퍼뜨리기도 합니다. 억울하지만 형사님은 대항할 수 없습니다. 대항하면 더 많은 사람들의 주목을 받게 되고 감히 대중을 상대로 반기를 든 형사님은 더 큰 죄를 받게 될 테니까요. 대중을 이길 수 있는 힘은 한 가지뿐입니다. 바로 권력이지요. 권력은 대중을 움직입니다. 권력의 부하는 바로 언론이기 때문입니다. 언론은 대중을 좌지우지할 수 있습니다. 권력은 언론을 부릴 수 있는 힘을 가지고 있고요.”

형사가 눈을 떴다. 형사는 전문가를 바라보며 이번에는 제가 말해 볼까요? 라고 물었다. 그는 고개를 끄덕였다. 그들에게는 조서를 꾸며야 한다는 의무는 사라지고 없었다. 서로의 의견에 대한 공유와 이해를 원하는 마음뿐이었다.

“뉴스를 보니 터널이 무너졌다는 소식이 나옵니다. 한 남자가 갇혔고 그는 한 가정의 아버지입니다. 처음엔 동정론이 쏟아집니다. 저 역시도 그러하지요. 그런데 그 터널이 무너짐으로 인해 병원에 가야 하는 환자들이 길을 돌아가는 바람에 사망하는 사건들이 발생합니다. 저는 과연 한 사람을 위해 다수가 희생하는 일이 옳은 것인지를 생각하게 됩니다. 시공사의 잘못을 인정하지만, 사업소의 비리를 인정하고 권력의 탐욕을 인정하지만 그들에게 책임을 묻는 일은 나중이고 당장은 고통을 겪는 다수의 사람들을 걱정할 수밖에 없게 됩니다. 그렇기에 터널에 갇혀 있는 남자를 원망하게 되지요. 그래도 터널에 갇힌 남자로 인하여 인명피해가 났다. 다수의 생명을 위해 그가 희생해야 하지 않을까? 라는 의견은 내지 못합니다. 아직은 갇혀 있는 남자의 동정론이 더 강하다고 생각하기 때문이지요. 의견을 함부로 냈다가는 저는 인간 이하의 취급을 받게 될지도 모른다는 두려움 때문입니다. 그러던 중 투쟁을 하던 어르신이 돌아가시고 또 다른 억울한 죽음이 발생합니다. 구조를 위해 힘써야 하는 사람이 오히려 사람을 해치는 사고도 발생하게 됩니다. 그때 어느 누군가가 그럴싸한 이야기를 끄집어냅니다. 현실적으로 수십 일을 버텨내기란 불가능하다는 의견입니다. 우리는 모두가 동조합니다. 아! 여기에서 분명 저는 사건 처음부터 불만을 품고 있는 한 사람이지만 비난의 화살이 저에게 쏟아질까 봐 이야기를 하지 못하고 있었던 상태라는 것을 강조하겠습니다. 저는 갇혀 있는 남자의 동정론이 강할 때도 반대의 의견을 가지고 있었지만 말을 하지 않았을 뿐입니다. 상황이 동정론 쪽에서 기울게 되자 편안하게 예전부터 가지고 있었던 의견을 내놓게 되는 것이지요."

전문가가 자신과 반대되지만 이해할 수밖에 없는 이야기에 고개를 끄덕였다. 그도 방금 전 형사가 눈을 감고 입장을 바꿔보았듯이 똑같이 행동했다.

"우리는 이미 죽었다는 판단을 하게 됩니다. 가족이 아니기에 객관적인 판단을 할 수 있다 믿고 의견을 내놓습니다. 그렇다고 살아있는 사람을 죽여라! 외치지는 못합니다. 저도 사람이니까요. 다른 누군가도 사람이니까요. 다만 죽었을 가능성이 더 크다는 것에 동조할 뿐입니다. 유족의 아내가 저희 의견에 동조해 살아있다면 죽어 달라 방송을 하게 됩니다. 그런데 저희는 그것을 바라는 게 아니었습니다. 그저 죽었다는 가정만 했을 뿐 살아있는 사람을 죽으라. 이야기하지 않았습니다. 단지 다수를 살려야 한다는 쪽에 손을 들었고 약자의 편에 서게 된 것입니다. 그런데 알고 보니 살아있었습니다. 분명 죄의식에 시달리지요. 아!……"

형사가 짧은 감탄사와 함께 입을 닫았다. 전문가가 다음 이야기를 기다리다 말이 들려오지 않자 천천히 눈을 떠 형사를 바라보았다. 형사는 죄책감에 사로잡힌 듯 머리를 쥐어뜯고 있었다. 그가 무슨 일입니까? 라고 물으려다가 입을 닫았다. 그의 눈을 보니 이제야 깨달았다는 당혹감이 비춰지고 있었다. 여유는 그의 손을 들어줬다. 차분하게 그는 형사의 다음 이야기를 기다렸다. 형사가 그를 바라보며 말했다.

"오류가 있군요. 치명적인 오류가 있어요."

"느끼시겠습니까?"

"말로 설명할 수 없는 오류. 뭐랄까."

전문가가 딱 집어내지 못하는 오류를 집어주었다.

"죽었을 거라는 확신, 그것에 대한 변명이 계속 되었죠. 살아있다면 죽어라 강요하지 않았다는 변명. 처음과는 다르게, 원점과는 달라진 자신들의 변화되는 주장에 대한 오류. 죄책감을 전가시키려는 단체의 집단논리. 그런데 말입니다. 어느 한쪽으로 기울게 되는 저울과 같은 상황입니다. 다수를 위한 소수의 희생. 소수를 위한 다수의 희생. 원초적 사건 발생에 대한 책임을 억울한 누군가에게 풀어내려 했던 억지."

형사는 자신도 모르게 인정하며 고개를 끄덕였다. 전문가가 계속 말했다.

"분명 정의로운 일로 시작된 일이지요. 어르신들이 치료만 받았다면 살 수 있었다는 논리적인 의견들과 구조를 하던 자의 비윤리적인 사고에 대한 분노는 그 누구라도 안을 수 있습니다. 하지만 우리는 조종당했습니다. 언론은 여론을, 여론은 개개인의 사고를 침해했지요. 그건 바로 권력에서 시작되었습니다. 우리는 그것을 잊고 있었습니다. 마녀사냥입니다. 그렇게 생각하지 않으십니까?"

형사가 혼란스러워했다. 인정하게 된다면 형사는 살인에 동조한 죄를 안게 되는 것이다. 형사의 갈등을 눈치 챈 전문가가 손을 뻗어 어깨를 다독였다.

"잘 모르시겠죠? 저도 솔직히 모르겠습니다. 무엇이 정의인지. 어르신들의 희생을 안고 저는 구조하려 했습니다. 형사님은 어르신들을 보호하려는 입장이었고요. 거기에 따른 부작용들이 있었을 뿐입니다. 잘잘못을 굳이 따지자면 타협을 생각하지 않고 몰아가기만 했던 사람들에게 있을 겁니다. 어느 순간 내가 아닌 그들의 생각대로 움직이게 되었던 겁니다. 정의를 실현하고 싶었던 개개인은 자신도 모르게 타인들에게 잠식당한 겁니다. 이익을 추구하는 누군가의 권력에 인형이 되었을 뿐입니다."

형사가 자신의 어깨를 다독이는 전문가의 손을 잡았다. 형사는 그에게서 적절한 해답을 찾게 되었다. 하지만 그도 형사도 또 다른 위기에 봉착했다. 그들은 또 다른 비난의 대상을 자신들도 모르게 찾고 있었다. 권력. 그들이 가장 통쾌하게 여기는 대상. 전문가와 형사는 여기에 따른 질문과 대답을 서로 피하고 있었다. 끝나지 않는 논쟁이 과열되어 결국 가해자는 자신들이 될 것이라는 것을 잘 알고 있었기 때문이다. 그들은 죄인이 되기는 싫었다. 형사가 애매한 말을 꺼내며 논쟁의 마무리를 원했다.

"어쩌면 우리 모두 참견하지 말았어야 하는 일이었습니다. 그저 각자의 일에 충실해야 했습니다. 마을의 어르신들과 터널의 피해자 유족에게 공평한 시선을 두고 그들 스스로 타협의 선을 찾게 해야 했었던 것 같습니다. 우리 조서 마무리하시지요. 적정선을 찾아서 다시 시작하겠습니다."

전문가는 아무 말도 하지 않았다. 그도 논쟁의 마무리를 간절하게 원하고 있었다.

김미진이 경찰서를 나왔다. 미리 대기하고 있던 차량에 몸을 실었다. 그녀는 저희 친정으로 가주시면 안 될까요? 라고 경찰관에게 부탁을 전했다. 경찰은 그녀에게 주소를 묻고는 도착지를 수정했다. 아무 말도 오가지 않았다. 무겁고 불편한 정적만이 그들에게 존재했다. 도심을 벗어나 한적한 시골마을로 차량은 질주했다. 그녀는 고개를 푹 숙인 채 구석으로 최대한 몸을 숨겼다. 누군가가 자신을 볼까 하는 두려움과 경찰들의 곱지 않은 시선이 그녀의 몸과 마음을 잔뜩 움츠리게 만들었다. 도심과 그리 멀리 떨어지지 않은 시골마을에 차량이 멈춰 섰다. 그제야 조수석에 타고 있던 경찰관이 여기 맞아요? 라고 퉁명스럽게 말했다. 그녀는 고개를 끄덕이며 감사합니다, 라고 말하며 몸을 깊숙이 숙였다. 잘못을 저지른 아이가 어른에게 잘못을 인정하며 예뻐해 주길 바라는 모습이었다. 그녀가 차에서 내리자 차량은 뒤도 돌아보지 않고 내달렸다. 그녀가 긴장이 풀렸는지 휴! 하고 한숨을 내쉬었다. 그녀의 집과는 다르게 친정집은 한산했다. 자신에게 욕설을 퍼붓는 그 누구도 없었다. 그녀가 터벅터벅 집을 향해 걸어 들어갔다. 담벼락 사이를 지나 마당 안으로 들어오자 그녀의 본능이 안전하다는 것을 알려주고 있었다. 그녀는 엄마! 하고 사람을 찾았다. 드르륵 낡은 문이 열리며 뛰어나온 사람은 수진이었다. 마루를 펄쩍펄쩍 뛰며 엄마 왔다! 하고 기뻐하며 그녀에게 안겼다. 근심을 가득 담은 그녀의 어머니가 뒤를 따라 나왔다. 그녀의 초췌한 모습에 어머니는 눈물을 훔쳤다.

"엄마 나 수진이랑 나갔다가 올게."

"점심은?"

"나가서 먹으려고."

"어딜 나가? 사람들이 보면 어쩌려고?"

"괜찮아. 수진이 나들이 좀 시켜 주려고."

김미진은 방안에는 들어가지도 않고 마루에 앉아 나갈 차비를 차렸다. 그녀는 찔끔찔끔 눈물을 보이는 어머니의 시선을 피한 채 수진이의 얼굴만을 바라보았다.

"택시 불러주리?"

어머니의 말에 그녀가 고개를 끄덕였다. 어머니가 방에 들어가 전화를 걸었다. 그녀가 수진이를 무릎에 앉혀 놓고 말했다.

"놀이동산 갈까?"

"지금?"

수진이의 눈이 휘둥그레졌다.

"응, 지금. 놀이기구도 타고 피카츄도 보고 키티도 보는 거야."

"아빠는? 와?"

수진이가 즐거워하기보다는 잔뜩 겁먹은 얼굴로 말했다. 놀이동산은 언제나 셋이 같이 가던 곳이었다. 수진이의 표정에는 사람이 북적이는 곳에서 아빠가 온다면……, 이라는 걱정이 앞서고 있었다. 그녀가 수진이를 꼭 껴안았다.

"아빠는 일이 있어서 못 와. 우리 둘이 가는 거야. 걱정하지 마."

아빠가 오지 않으니 걱정하지 말라니. 여느 아이라면 아빠와 놀이기구를 타지 못한다는 서운함에 울음을 터트렸을 것이다. 심리학적인 견해로도 그러했다. 아이는 집안에서는 엄마에게 의지하지만 밖으로 나가게 되면 엄마보다는 강한 아빠를 더 찾게 된다. 그런데 수진이는 아빠가 오지 않는다는 말에 웃음꽃을 피우고 있었다. 그녀가 수진이의 귀에 대고 조용히 속삭였다.

"놀이동산 갔다가 아빠 만나러 갈 거야."

"싫어."

수진이가 김미진의 품에서 벗어나 겁에 질린 얼굴로 고개를 절레절레 흔들었다. 표정은 금세 울상이 되어 있었다.

"아빠 만나기 싫어?"

수진이가 금방이라고 눈물이 떨어질 것 같은 모습으로 고개를 끄덕였다.

"아빠 싫어하는 사람들 없는 곳에 있는데도? 사람들이 없는 곳에 아빠가 있는데도? 수진이 선물이랑 케이크 가지고 기다리고 있는데도?"

수진이가 잠시 갈등했다. 김미진의 눈이 수진이의 대답을 보챘다. 마지못해 수진이가 대답했다.

"사람들 없는 곳에 있어? 선물도 있어?"

"그럼. 아빠는 멀리 가 있어. 사람들 없는 곳에 가 있어. 거기에서 수진에게 선물이랑 케이크랑 주려고 기다리고 있어. 예쁜 성도 있고 토끼도 있어. 수진이가 제일 좋아하는 하얀색 백마도 있고 무지개도 있어."

"정말?"

"정말이야. 그러니까 같이 가자? 약속!"

김미진이 새끼손가락을 수진이에게 내밀었다. 수진이가 작은 손을 내밀었다.

"약속했어. 아빠한테 가기로. 오늘 수진이랑 아빠랑 엄마. 다 같이 만나는 날이야. 사람들이 절대 쫓아오지 않는 곳으로 가서 행복해지는 날이야."

놀이동산에 도착하자마자 수진이와 김미진은 가면을 하나씩 샀다. 피카츄와 키티 가면이었다. 머리띠도 샀다. 예전 이정수가 수진이가 쓰면 예쁘겠다고 말했던 미키마우스 머리띠였다. 그녀 는 비싸다며 그의 손을 무안하게 만들었었다. 정말 이정수가 말한 대로 수진이가 머리띠를 쓰니 천사가 따로 없었다. 수진이가 아빠 가 사주려던 건데, 라고 말하며 기뻐했다.

"아빠가 사주라고 했어. 수진이 이거 쓰고 오라고 했거든."

"진짜?"

"그럼, 아빠한테 가면 고맙습니다, 라고 말해야 돼. 알겠지?"

수진이는 천진한 웃음과 함께 고개를 끄덕였다.

4세 아이가 탈 수 있는 놀이기구는 많지 않았다. 회전목마를 타거나 관람차를 타는 일이 전부였다. 평일 오후라 사람들은 붐비 지 않았다. 그래도 이곳을 찾은 사람들은 행복한 웃음을 짓고 있 었다. 아이와 나온 가족단위의 사람들과 연인 사이의 젊은이들이 주를 이뤘다. 그녀가 지나가는 사람들을 증오의 눈빛으로 바라보았다. 그녀는 저렇게 행복해하는 사람들 중 우리 가족에게 더러움을 배설한 누군가도 있겠지? 우리 행복을 빼앗고도 자신들의 행복은 잘도 지켜내고 있구나, 라는 분노를 사람들 모르게 쏟아내고 있었다. 그런 그녀의 마음을 아는지 모르는지 수진이는 마냥 신이 나 있었다. 피카츄 가면을 쓴 누군가에게 다가가 손을 잡아 달라 말하기도 하고 키티 인형가게에서 들어가 인형을 사 달라 조르기도 했다. 그녀는 군말 없이 수진이의 말을 들어주었다. 수진이의 입은 하루 종일 웃음이었다. 뭔가를 말하기만 하면 들어주는 그녀의 행동에 흡족해 하고 있었다.

"좋아?"

김미진이 물었다. 수진이가 응! 하고 대답하며 그녀의 손을 꼭 잡았다. 무더운 여름이 무색할 정도로 그녀와 수진이는 이곳저곳을 걸어다녔다. 수진이와는 다르게 가면 속 그녀의 표정은 어두웠다. 이정수와 함께 왔던 공간. 이제 둘이 찾아야 하는 슬픔이 그녀를 짓누르고 있었다.

수진이가 앞장서 걷던 도중 바이킹 앞에 우뚝 멈춰 섰다.

"엄마. 나 저거 탈래."

"그래. 그러자."

거절 없이 그녀가 흔쾌히 수락했다. 바이킹을 타려 줄을 섰다. 저 높이 창공을 향해 치솟은 바이킹을 보며 수진이가 우와! 하고 소리를 질렀다. 수진이가 그녀의 손을 흔들며 즐거움을 표현하고 있었다.

"저기요."

김미진과 수진이 앞에 보안요원이 앞을 가로 막았다. 그녀와 수진이가 동시에 보안요원을 바라보았다.

"죄송하지만 아이는 입장이 불가합니다."

"왜요? 예전에 아이 아빠랑 같이 탔었는데."

"아빠와 같이 타야 합니다. 엄마와의 동석은 금지되어 있습니다. 죄송합니다."

보안요원은 안전에 대한 수칙을 자세하게 알려주었다. 어른 남성과의 동석만이 가능한 이유를 조목조목 친절하게 설명해 주었다. 수진이가 고개를 숙이며 기죽은 모습을 보였다. 어쩔 수 없다는 것을 의외로 쉽게 수진이가 인정했다. 아빠가 없으니 의지할 곳이 없는 아이에게는 당연한 일일 것이다. 하는 수 없이 회전목마와 관람차를 더 탈 수밖에 없었다. 어느덧 해는 기울고 있었다. 수진이가 지쳤는지 걸음이 느려지고 있었다. 그녀가 수진이를 번쩍 안아들었다.

"수진아 이제 아빠 만나러 갈까? 무지개도 보고 백마도 봐야지. 아빠가 준비한 선물도 보고 케이크도 먹어야지."

"나 졸린데."

"괜찮아. 한숨 자고 나면 도착해 있을 거야. 엄마가 재워 줄게."

수진이가 마지못해 고개를 끄덕였다.

김미진과 수진이가 택시를 타고 도착한 곳은 시골의 어느 펜션이었다. 택시에서 내리자마자 수진이가 쌀쌀한 기운에 잠에서 깨어났다.

"엄마 도착한 거야?"

"아니. 조금 더 자고 있으면 돼."

"여기 어딘데?"

어두운 시골이 무서운지 수진이가 김미진의 목덜미를 꼭 끌어안았다. 그녀가 수진이의 고개를 돌려 펜션을 바라보게 했다. 예쁜 조명에 비춰지는 하얀색 펜션은 수진이의 무서움을 단번에 앗아갔다.

"이곳에서 하룻밤 자면 아빠가 짜잔하고 나타날 거야. 일어나면 무지개가 피어 있고 백마가 정원에서 뛰어놀고 있을 거야."

"히히히."

상상만으로 즐거운지 수진이가 기분 좋은 웃음소리를 내었다. 그녀는 오늘 산 인형들을 가득 안고 있었다. 그 인형들 사이로 어울리지 않는 검은 비닐봉지가 끼어 있었다. 그녀는 현관 앞에서 문자로 통보받은 비밀번호를 빠르게 눌러갔다. 철컥 소리가 나며 문이 끼이익 소리를 내었다. 그들의 방문을 환영하지 않는 듯 귀에 거슬리는 소리였다. 불이 켜진 펜션 안은 포근한 기운이 가득했다. 온통 하얀색으로 꾸며진 거실은 수진이가 좋아하는 인형들을 가득 품고 있었다.

"와!"

수진의 잠은 확 달아났다. 김미진의 품에서 빠르게 벗어난 수진이가 인형들 사이로 들어갔다. 잣나무 향이 그윽하게 그녀의 코를 자극했다. 그녀가 2층으로 올라가 방문을 하나씩 열어 보았다. 예약할 때 꾸며 달라 주문했던 방을 찾기 위해서였다. 세 번째 방문을 열었을 때 그녀는 한동안 아무 말 없이 방안을 들여다보았다. 예쁜 핑크색 침대와 천정에 붙여진 야광별들, 반짝이는 공주 옷과 선물 상자가 가득했다. 수진이가 엄마! 하고 그녀를 찾았다. 그녀가 수진아 이리 와봐, 라고 손짓했다. 수진이는 자신의 키보다 큰 인형을 하나 안고 낑낑거리며 2층으로 올라왔다.

"수진이 방이야 예뻐?"

수진이는 자신도 모르게 안고 있던 인형을 놓쳐 버리고 말았다. 작은 두 손으로 입을 막고는 소리를 질렀다. 지금까지 받아왔던 선물들은 아무것도 아니었다. 수진이가 방안으로 재빨리 들어갔다. 한가득 쌓여 있는 선물을 보며 김미진에게 풀어봐도 돼? 라고 물었다. 그녀가 미소로 대신 대답했다. 정신없이 포장지를 뜯어내려가는 수진이의 손은 선물이 정체를 드러낼수록 환호했다. 그녀가 옆에 앉아 포장지를 뜯는 일을 도와주었다.

"아빠가 수진이에게 주는 선물들이야."

"아빠가?"

수진이는 그녀를 쳐다보지 않고 물었다.

"응, 방도 아빠가 꾸며 놓은 거야. 아빠 만나면 고맙다고 꼭 말해야 돼. 알겠지?"

"응."

건성으로 대답한 수진이는 선물의 정체를 밝히는 데 주력했다. 이 모든 일은 원래 이정수가 계획했던 일이었다. 그녀는 이정수가 터널에서 쓴 편지들 속에 그려진 '수진이에게 꾸며주고 싶은 방'이라는 그림을 보고 그대로 재현해 놓은 것이다. 아내에게 줄 선물, 수진이에게 줄 선물들이라는 제목의 편지 속에 적힌 선물 목록을 그녀는 차례대로 마련했다.

"수진아. 공주 옷도 입어볼까?"

수진이가 선물을 풀다 말고 벌떡 일어났다. 그녀가 공주 옷들을 하나씩 차례대로 입혀주었다. 왕관도 쓰고, 예쁜 팔찌도 했다. 투명한 유리 구두도 신고, 예쁜 타이즈도 입었다. 그 모습은 지상에 내려온 세상 유일의 천사와 같았다.

밤이 깊었다. 선물을 모조리 뜯어본 수진이가 김미진과 인형놀이를 하다 잠이 들었다. 고요한 밤은 그녀에게 구슬픈 달빛을 선물하고 있었다. 그녀의 무릎을 베게삼아 자고 있는 수진이는 많이 고단했는지 누가 업어 가도 모를 정도였다. 그녀는 수진이의 이마를 살며시 쓰다듬었다. 손이 떨려왔다. 눈물이 수진이의 머리카락 사이로 떨어졌다. 그녀가 고개를 숙여 수진이의 입술에 입을 맞췄다. 작은 고사리 손을 잡아보기도, 심장소리를 들어 보기도 했다. 할 수 있는 모든 애정표현을 다 해 보려 노력했다. 이정수와의 사랑에서 최고의 기쁨을 선물받았다면 아마도 수진이라는 존재일 것이다. 어찌 이렇게 예쁠 수 있을까? 어찌 이렇게 맑을 수

있을까? 어찌 이렇게 눈부신 순수를 뿜어낼 수 있을까? 그녀는
지금 자신이 행하려 하는 일에 갈등이 찾아오고 있음을 느꼈다.
수진이만은…… 이라는 선택의 순간이 찾아왔다. 그녀가 창가에
비춰지는 달을 보며 혼잣말을 했다.

"여보. 같이 가는 게 옳은 거지? 외롭게 혼자 두는 건 안 되겠
지?"

달은 대답이 없었다. 그저 구슬픈 빛으로 김미진과 수진이를
내려다 볼 뿐이었다. 그녀가 오랜 시간의 갈등을 한순간에 정리
했다.

"나만 죽으면 수진이가 공격당할 거야. 그들은 그런 사람들이
잖아. 스스로에게는 관대하지만 타인에게는 처절한 죄를 부여하
잖아. 보상금을 독식한 어린아이로 기억될 거야. 당신의 자식도
아닌 혼외자식이 보상금을 가질 권리가 없다 부르짖을 거야. 여
보. 내가 옳은 거지?"

이 글을 읽는 이들에게 묻고 싶다. 절대 그렇지 않다 반문할
것인지를. 말도 안 되는 논리라 반박할 것인지를. 그대들의 다수
라면 이딴 저질스러운 논리가 정당화될 수 있다는 것을 알고 있지
않은가? 그대들의 손가락은 말도 안 되는 거짓을 진실로 바꿀 수
있다는 것을 이미 여러 번 확인하지 않았는가? 그에 따른 책임을
그대들은 안고 간 적이 단 한 번이라도 있었던가!

김미진은 천천히 검은 봉지에 담겨진 내용물을 꺼냈다. 번개탄과
스테인리스로 된 바구니가 정체를 드러냈다. 최대한 움직임을 죽였

다. 수진이가 단잠에서 깨어난다면 다짐이 무너질 것 같았다. 바구니에 연탄을 집어넣은 그녀가 라이터를 손에 쥐었다. 떨리는 손은 쉽게 불을 켜지 못하고 있었다. 라이터가 그녀를 탓하는 듯했다. 어찌 이렇게 어린 생명과 인생의 마지막 동반을 꿈꾸는가! 라고 꾸짖는 것 같았다. 하지만 그녀는 라이터의 훈계에도 아랑곳하지 않았다. 살아있는 일이 더 지독했다. 죽는 일보다 사는 일이 더 고통스러웠다. 끝이 보이지 않는 다수와의 싸움은 항변의 용기를 앗아갔다. 힘 없는 자들이 모여 이루어낸 무시무시한 손가락의 권력은 그녀를 무기력하게 만들었다. 개개인이 단합하여 이룩한 말도 안 되는 정의의 논리는 그녀에게서 죽음을 업신여기게 만들었다.

라이터는 그녀의 의지를 꺾지 못했다. 그녀의 두려움만큼 강렬하게 타오르는 불꽃은 조금씩 바구니를 향해 돌진하고 있었다. 그녀의 손이 번개탄과 가까워질수록 수진이의 숨소리가 소중하게 느껴졌다. 색색거리며 자고 있는 아이. 자신에게 어떠한 일이 벌어지는지도 모른 채 달콤한 꿈을 꾸는 아이. 엄마라는 가장 안전한 품에서 배신을 당한 아이. 죽음의 선택권조차 부여받지 못한 4살의 아이. 차라리 모르는 편이 나은 것일까? 아무것도 모르고 두려움 없이 세상과의 작별을 고하는 일을 축복이라 말해야 하는 것일까? 홀로 싸워야 하는 수많은 손가락과 주둥이들 사이에서 도망치는 지금을 오히려 감사해야 하는 것일까?

눈물과 억울함, 분노, 고통, 슬픔만이 유일하게 두 모녀를 위로하고 있었다. 이들 감정들의 응원 속에서 그녀는 번개탄에 불을 붙였다. 후회는 그녀를 보호하고 있는 감정들이 철저하게 방어했다. 그녀가 수진이를 조심스럽게 들어 꼭 안아보았다. 심장소리가 들려왔다. 그녀와 수진이의 심장소리가 조금씩 같아지고 있었다.

"수진아. 미안하다. 미안하다. 미안하다."

그녀는 수진이가 성모마리아와 같은 존재로 느껴졌다. 그녀의 고해성사는 정신을 잃을 때까지 계속되었다.

"미안하다. 미안하다. 미안하다."

수진이의 심장과 동시에 뛰고 있는 그녀의 심장이 조금씩 느려지고 있음을 느꼈다.

"미안하다. 미안하다. 미안하다."

현기증으로 힘은 점점 빠져 가는데 그녀의 팔은 더욱 힘차게 수진이를 끌어안고 있었다.

"미안하다. 미안하다. 미안하다."

그녀의 정신이 혼미해졌다. 심장은 제 기능을 상실됨을 알리고 있었다. 그녀의 몸이 바닥을 향해 쓰러졌다.

"미...안...하...다."

그녀가 마지막 고해성사를 마쳤다. 그때 수진이가 피식 웃으며 모든 죄를 사하였다.

"아......빠..........다."

김미진과 수진이 사망 1일째. 모녀를 발견한 사람은 펜션주인이었다. 체크아웃 시간이 되면 꼭 깨워달라는 그녀의 부탁에 찾아온 주인은 기겁하며 구급차와 경찰을 불렀다. 언론은 발 빠르게 소식을 전했다.

김미진 사망 2일째. 여론은 아무 죄 없는 자식마저 그녀가 죽음을 강요했다 비난했다. 죽어서도 그들 가족을 사람들은 놓아주지 않았다. 그녀에 대한 온갖 루머가 확산되었다. 혼외자식의 사실을 숨기려 했다는 싸구려 소설 내용이 인터넷을 강타했다. 저질스러운 소문들은 사실인 양 떠벌려졌다. 대중은 면책을 받기 위해 자신들의 역겨운 상상을 진실로 받아들였다.

김미진 사망 10일째. 욕망을 배설할 상대가 사라지자 여론은 잠잠해졌다. 하지만 그들은 계속해서 상대를 찾느라 출근을 하거나 잠에서 깨어나면 인터넷 뉴스를 뒤적인다. 꿈틀거리는 잔악성을 어떻게 해서든 해소하고 쾌락을 찾아야 했다.

13

마지막

이정수 사망 1주년.

터널은 다시 개통되었다. 사람들의 축하 속에 기념식이 진행되었다. 어이없게도 부실 공사의 책임을 안았던 시공사가 기념비 속에 이름을 박아 넣고 있었다. 기자들이 모였고 권력에 대한 찬양을 하느라 예전 사건을 언급하지도, 시공사의 이름을 기사화하지도 않았다. 그저 '새로운 터널 착공'이라는 기사만을 전달할 뿐이었다. 사람들은 이정수라는 이름을 기억하지 못했다. 김미진도 수진이의 존재도 까마득히 잊고 살았다. 한 가족에게 칼날을 겨누었던 누군가는 가장이 되었다. 자식을 낳았다. 취직을 하고 승진을 하였다. 부모님이 돌아가셨다. 사랑하는 누군가를 떠나보내고 눈물을 흘리고 있었다.

한 가족을 죽음으로 몰아넣은 그들의 손가락은 누군가와 메신저를 하며 사랑과 슬픔을 공유했다. 한 가족을 절망으로 몰아넣은 그들의 주둥이는 세상을 논하고 제자를 가르치기도, 학문에 대한 질문을 던지기도, 고마움과 위로를 건네기도 하였다.

전문가는 비장한 각오로 그들만의 축제인 터널 기념식에 참석했다. 그가 도착했을 땐 도로공사에서 시공사에게 감사패를 전달하고 있었다. 취재진들은 플래시를 터트렸다. 그는 취재진들 사이를 비집고 들어갔다. 시공사 사장이 감사패를 전달받고 양손을 들어 방송 카메라와 사진기에 응답했다. 적진을 뚫고 적장 한가운데에 도착한 그가 소리쳤다.

"1년 전 당신들이 무슨 짓을 했는지 잊었는가! 당신들은 뭐가 좋다고 그렇게 웃고 있는가!"

전문가의 외침에 취재진들은 본능적으로 카메라를 돌렸다. 그들은 특종이다! 속으로 환호하며 그를 집중적으로 찍어대기 시작했다. 그들은 결코 그를 옹호하지 않을 것이다. 오로지 1년 전 사건에 대한 책임론이 뜨거워지는 짜릿함을 그가 선물하기만을 바랐다. 그가 카메라들을 돌아보았다.

"힘없는 자를 대변하라 펜을 쥐어줬거늘 어찌 그대들은 권력을 찬양하며 힘없는 자를 향해 칼날을 뽑아드는 것인가!"

취재진들은 묵묵부답이었다. 그가 아무리 말해도 소용없었다. 그들은 이미 죄의식이라는 양심은 사라지고 없었다. 경호를 담당하는 사람들이 그를 향해 뛰어왔다. 그는 시간이 별로 없음을 느끼고 무대에 올라와 있는 시공사 사장과 도로공사의 간부를 향해 외쳤다.

"당신들이 자행한 일에 일말의 양심이라도 있는가! 그렇다면 축하보다는 비참하게 죽어야 했던 피해가족들을 위한 추모식을 진행했어야 하는 일이 아닌가! 터널의 준공을 기념하는 기념비보다는 당신들로 인하여 억울하게 사라져야 했던 가족의 위령비를 세워야 하는 것이 아니던가!"

경호원들이 전문가를 향해 달려들었다. 보기 좋게 쓰러진 그는 관절이 꺾이는 고통 속에 개처럼 끌려 나갔다. 그는 저항하며 마지막 말을 전했다.

"나는 잊지 않겠다! 나는 잊지 않을 것이다! 너희들도 잊지 마라! 모든 사람이 잊지 마라! 당신들로 하여금 죽어간 한 가족의 비극의 아픔을. 당신들로 하여금 상처받은 자들의 모습을. 당신들로 하여금 죽어서도 잊지 못하는 증오를 품은 누군가를. 당신들로 하여금 평생을 고통 속에 살아가야 하는, 당신들의 심심풀이로 이용당한 사람을."

― 그대들이 써내려간 악플들을 얼마나 기억하고 있는가! 그대들의 악플 속에 희생당한 누군가를 기억하고 있는가! 희생자는 평생을 기억한다. 그대들은 해프닝이라 생각하며 스스로의 죄를 사할지 몰라도 누군가는 그대들의 죄를 사하지 않고 살아간다. 스스로의

면책에 위안을 삼는 인간이야말로 비난받아야 마땅하다.

— 그럴 수도 있지, 라는 긍정은 상대에게만 부여하라. 그대들 스스로에게는 그럴 수도 있지, 라는 긍정이 허락되지 않는다 생각 하라.

이야기를 마치며

길게 이야기할 필요가 있을까? 나는 이미 작품 안에서 모든 내 주장을 펼쳤다.

터널을 통해 누군가는 의문을 던지고 싶을 것이다.

내 트위터를 통해 얼마든지 의문을 던져줬으면 하는 바람이다.

중간에 갑작스럽게 여론이 뒤바뀌어 악플을 다는 모습이 엉성하다는 플롯에 대한 비판은 삼가 주길 바란다.

그게 바로 지금 우리의 있는 그대로의 모습이니까.

기사에만 의존한 채 사실을 보지도 않았으면서 순식간에 펜대에 의해 갑작스럽게 바뀌는 우리의 모습이니까.

갑작스럽게 사랑하는 남편을 죽음으로 몰아넣는 아내의 모습이 어색하다 이야기하겠는가?

그렇게 비정상적인 장면을 만들 수 있는 무서운 힘이 바로 대중이라는 어마어마한 힘이다.

누군가의 악플 사건들을 보면 쉽게 알 수 있지 않을까?

대중은 한 사람을 갑작스럽게 정신이상자와 같이 돌변하게 만들 수 있을 정도로 공포스러운 힘을 가지고 있음을…….

터널을 읽음으로 끝난 것이 아니다.

터널을 읽음으로 대중과 나의 이야기는 겨우 시작했을 뿐이다.

당신들의 지옥

: 소재원의 『터널』론

박진영

S.O.S. save our souls!

여기, 구조를 요청하는 한 사람이 있다. 그는 지금 터널에 갇혀 있다. 당신은 어떻게 할 것인가.

당신은 그를 욕하고 비난한다. 남편을 살려 달라 외치는 그의 부인을 "생지옥"에 밀어 넣는다. 터널에 고립된 그와 지옥을 견디는 그녀, 그리고 당신─우리들. 무엇이 잘못된 걸까. 이들에게 어떤 일이 있었던 걸까. 바로 『터널』의 이야기다.

『터널』은 홍수가 나고 지진이 일어나 도시 전체를 삼켜 버리는 재난서사형 소설은 아니다. (그것은 '고립─구출'의 관습적 문법을 따르는 대신 '고립─파국'의 비극성을 극대화한다.) 혹은 '인간은 인간에게 늑대다(Homo homini lupus)'의 경구를 재해석한 도덕적 교화(?)의 소설도 아니다. (『터널』은 적어도 역결과로써 '네 이웃을 사랑하라'고 말하지 않는다.) 그렇다고, 어느 날 눈을 떴을 때 자신이 커다란 벌레가 된 사실을 알게 되는 초현실적인 이야기도 아니다. 오늘을 살아가는 우리들의 이야기, 지금-여기, 21세기 한국사회에 틈입해 있는 '대재앙'의 서사가 『터널』이라는 진원지에서 시작된다.

소재원 작가는 『터널』을 통해 우리사회에서 가장 광범위하게 목도되는 일상적 폭력과 권력의 문제를 서늘하게 다룬다. 그는 특히 우리시대의 대표적 아고라, 뉴미디어 디지털 '광장'에서 너무 쉽게 늑대로 전신하는 당신-우리들의 어떤 순간을 날카롭게 응시한다. 그 순간은 또한 권력에 의한 관계구도를 함축함으로써 이때 늑대는 단지 길들여지지 않은 짐승이 아니라 교활함으로 무장한 '스마트한' 야수의 전형이 된다. 권력은 후안무치하며 늑대는 '아름다운 마음(良心)'과는 거리가 멀다. 또한 '광장'에 모인 사람들은 맹목적인 군중심리를 발동시켜 여론몰이에 나선다.

『터널』은 독자에게 '불편한' 소설이다. 우리가 의도적으로 망각하려는 야수의 시간을 아프게 되살려주기 때문이다. 때때로 우리는 알면서도 묵과해 왔으며, 또 때로는 기꺼이 늑대가 되는 시간을 즐겨(?) 맞이하기도 했으니 『터널』은 '용감한' 소설이 아닐 수 없다. 뿐만 아니라 온-오프라인 이중세계에 걸쳐 우리사회의 가장 민감한 병증을 파헤친다는 점에서, 당대의 가장 '레알'한 리얼리즘 소설이라 할 것이다.

그렇다면 먼저 『터널』 속으로 들어가 보자.

재난은 어디서 오는가

이정수. 평범한 가장이자 성실한 시민인 그가 어느 날 터널에 갇혀 고립되는 사건이 벌어진다. 네 살 된 딸 수진의 생일을 위해 케익과 인형을 싣고 귀가하는 중이었다. 터널이 무너지자 안온했던 일상은 한순간에 큰 돌덩이와 모래더미 속에 파묻히고 만다. 하지만 그의 고립은 하루아침에 갑자기 커다란 벌레로 변한 그레고르의 '사건'(『변신』)과는 다르다. 분명한 인과관계가 내재해 있기 때문이다. 재난은 어디서 오는가. 아내 미진은 다음과 같이 외친다.

당신 잘못이 아니야. 부실 공사를 한 시공사의 책임이고 그걸 방관하며 나 몰라라 한 사업소와 공사대금을 빼돌려 탐욕을 채운 누군가의 책임이지. (…중략…) 빨리 당신이 나와서 우리의 소중한 시간을 빼앗아버린 사람들에게 통쾌한 복수를 했으면 좋겠어. 그들이 아무리 우리보다 강한 힘이 있고 돈이 많다고 하더라도 끝까지 싸워서 그들의 잘못을 벌 받게 만들 거야. (152쪽)

짐작하다시피 그에겐 아무 잘못도 없다. 책임을 따지려면 부실 공사를 한 시공사와 이를 방관·방조한 사업소와 공사대금을 사적으로 횡령한 윗선에 물어야 한다(덧붙인다면, 안전불감증이 만연한 한국사회 정도가 될 것이다). 재난서사의 '재난'은 이처럼 홍수와 쓰나미로만 오지 않고, 많은 경우 사회적 모순에 해당하는 '위험' 요소로서 자신의 존재를 알린다. 그것은 경고한다. 우리로 하여금 사회에 드리워진 어둠의 포스를 직시하도록 한다. 그렇게 익숙한 일상의 '실제' 질서를 거울관계로 반영함으로써 스스로 하나의 타자적 사건이 되는 것이다.

『터널』역시 마찬가지이다.『터널』은 특히 30여 일에 걸친 주인공의 절대적 고립을 통해 사회적 현 문제에 대한 작가의 특별한 문제의식을 표방하고 있는 작품이다. 그것은 두 가지 측면을 아우른다. 하나는 이정수의 고립에 얽혀 있는 사회적 원인이 우리사회의 오래된 병폐를 환기한다는 점이다.『터널』은 딸의 생일선물이었던 인형이 그의 베개가 되고 케익이 생명연장을 위한 절박한 식량이 되는 급작스러운 전환을 통해, 사회의 감춰진 환부를 스스로 현상하도록 한다. 또 언제 어디서 무너져 내리고 휩쓸릴지 우리는 알 수 없다. 오늘은 무사했다 해도 내일의 대상은 누가 될지 아무도 모른다.

사회적 안전핀이 제대로 장착되어 있지 않은 상황에서 현대인들은 불특정의 심각한 위기에 이처럼 상시적으로 노출되어 있다. '그 어떤 것도 안전하지 않다'는 인식은 개인에게 항구적인 불안과 위기감을 초래한다. 하지만 더욱 문제적인 것은 그것이 충분히 '예측 가능한' 원인임에 반해, '예측 불가능한' 방식으로 개인에게 닥쳐온다는 사실이다.『터널』은 개인의 측면에서 운 없는 제비를 뽑았다는 인식이 아니라 구조적 차원에서 상존하는 뿌리 깊은 불의와 부패를 문제 삼고 있다. 하지만 『터널』에 기입되어 있는 대재앙의 서사는 다음 측면에서 보다 중요하게 다루어진다.

'손가락'의 공포

소재원 작가는 더 심각한 재난, 더 중요한 원인을 『터널』에 한 겹 더 설정해 놓는다. 이는 30일간 서서히 변화하는 사람들의 태도 및 여론의 추이와 밀접한 관련을 맺고 나타난다. 이정수의 사건이 언론에 처음 보도되었을 때 사람들은 동정과 연민에 찬 시선으로 응원을 보내온다. 하지만 예상보다 구조작업이 길어지고 그로 인해 의도치 않은 선의의 피해자가 발생하자 사람들의 태도는 급격히 변화한다. 그리고 시간이 좀 더 흐른 후엔 그를 이미 죽은 사람으로 치부해 버리는 사람들이 늘어나기 시작한다. 엄연히 살아있되 유령이 되어 버린 존재, 그렇게 실재하는 좀비를 통해 작가는 『터널』의 보다 직접적인 주제를 표출하고 있다.

『터널』에서의 작가의 시선은 냉정하고 냉혹하다. 소재원은 군중심리에 의한 네티즌들의 무개념 냄비근성과 권력 편에 붙어 자극적 기사와 황색선전을 일삼는 언론의 여론몰이를 비판한다. 그렇다면 작품 속으로, 터널의 심부로 좀 더 들어가 보기로 하자. 이정수가 어떤 '강요'에 의해 죽음을 선택하고 김미진 역시 '마녀사냥'에 의한 제물이 될 때 우리는 묻지 않을 수 없다. 누가 '강요' 하는가. 가족을 만나려는 일념하에 해골에 가까운 모습으로 31일을 버틴 그를 누가 왜 불더미 속으로 인도하는가. 그의 아내가 그 장본인이라면 우리는 다시 궁금해진다. 그녀는 왜 남편에게 자살을 강요해야 했나. 우리는 여기서 '정의란 무엇인가'의 명제를 만난다.

인명구조를 위한 터널통제 기간이 길어지자, 우회도로를 이용해 시내로 나가야했던 마을주민 중 사망사건이 발생한다. 고령화된 주민들이 제때 응급처치를 받지 못하게 되어 두 명의 사상자가 발생한 것이다. 이를 계기로 동정여론이 급격히 선회한다. 그의 생사조차 확인되지 않은 상황(아마도 죽었을!)에서 수적으로 더 많은 생명이 위험에 처해졌다는 것이 그들의 논리이다. 갈등을 둘러싸고 인터넷은 뜨겁게 달궈지고 댓글은 어지럽게 난무한다. 과연 어느 편이 옳은가. 누구를 살릴 것인가. 양편 모두 결과적으로 의도하지 않은 '악'을 제출하게 된 상황에서 선과 악의 경계는 어디인가.

작가의 시선은 보다 '공정'하다. 그는 최악의 진실을 이야기한다. 문제는 선택의 옳고 그름을 정당화하거나, 어느 한 편의 정의를 판결하는 데 있지 않다. 어느 쪽이건 그것은 반쪽의 '선'이 될 공산이 크기 때문이다. 작가가 주목하는 것은, 이러지도 저러지도 못하는 난경을 또 다른 기회로 이용하는 사람들이 있다는 점이다. 그리하여 최악의 진실은 다음과 같다. 이런 딜레마는 단지 '최초의 악'의 제공자, 즉 시공사·사업소·사리사욕을 채우기에 바쁜 윗선에게만 '선'이 될 뿐이다. 나쁜 권력은 여론의 관심을 돌려 책임을 무마하는 데 이를 이미 활용하고 있었다.

하지만 『터널』에서 가장 문제적인 것은 이들에게 이용되고 있는 사실도 모른 채, 스스로 즐겨 빠져드는 어떤 우매한 쾌락에 있다. 익명의 군중들은 한 줌의 동물적 쾌락, 배설욕구를 위해 기꺼이 자신을 내맡긴다. 그들은 더 이상 '고독한 군중'이 아니다. 이들의 '연대'는 막강한 파워를 낳는다. 이들에게는 폭력에 의하지 않고서도 사람을 죽일 수 있고, 거짓을 진실로 바꿀 수 있는 엄청난 무기가 있다. "사람들이 가장 즐겨하는 비난놀이"(164쪽)는 바로 당신의 손가락 끝에서 이루어진다. 각종 포털은 책임지지 않을 비방과 욕설을 연료로 삼아 매일 새롭게 갱신한다. 먹잇감은 끝없이 업데이트되기에 컴퓨터 앞에 앉은 당신은 배설의 욕구를 은밀히 부려놓은 후 다시 '생각하는 동물'로 되돌아오면 된다.

> 당사자들이 아닌 누군가에게는 그저 재미있는 연재소설과 같았다. 즉석으로 자신의 의견을 달 수 있는, 내용에 욕설을 퍼부으며 통쾌함과 짜릿함을 느낄 수 있는 실시간 소설. (169쪽)

이때 당신은 우리시대의 새로운 '정의'가 탄생하는 장면도 목격할 수 있을 것이다. 다수에 의해 옳으면 그것이 곧 정의로 옹립되는 현실 말이다. 실제현실에서 '타진요' 사건이나 악성댓글에 의해 목숨을 끊는 연예인들의 예가 비일비재하다. 그렇다면 우리는 왜 뭉치면 '바보'가 되고 자신의 이름을 내려놓으면 '늑대'로 강등

하는지 묻지 않을 수 없다. 『터널』에서 이 질문은 중요하다.

사르트르는 "타인은 나의 지옥이다"라고 했다. 이 말은 주체성의 획득을 위해 끊임없이 타자의 시선에 의해 대상화될 수밖에 없는, '보여지는 나'를 상정함으로써 객체화될 수밖에 없는 주체의 피곤함을 의미한다. 하지만 인터넷 제국에서 주체는 더 이상 피곤해 '하지 않는다'. 『터널』에서 보듯, 그곳은 타자의 시선을 무장해제할 수 있는 주체의 단독무대가 된다. 이 무대에서 인간은 원초적으로 지니고 있는 공격성과 상호 적개심을 십분 드러낸다. (프로이트에 의하면 본능적 열정은 이성적 이익보다 더 강하다.) '김미진'은 그렇게 해서 우리시대의 새로운 '마녀'가 된 것이다.

면죄부는 그 어디에도 없다

『터널』에 의하면 '나는 타인의 지옥이다'를 실감하지 않을 수 없다. 이정수가 죽음에 이른 후 김미진이 다시 새로운 '사투'에 직면하게 되는 것은 어쩌면 당연한 수순이다. 이들의 비극적 결말은 전혀 과장되거나 작위적이지 않다. 『터널』에 등장하는 또 다른 중심인물인 '전문가'와 기자·형사의 대결구도도 역시 팽팽한 긴장감을 끝까지 유지시키는 한 요소이다. 언론과 법의 지배에 맞서, 권력의 횡포에 맞서, 전문가는 끝까지 타협을 거부한다. 이 대목에서 우리는 작가 소재원이 『터널』을 쓴 궁극적 이유를 짐작할 수 있다.

『터널』은 신랄하다. 그리고 아프다. 소재원은 우리시대의 새로운 비극을 보여줌으로써 독자들에게 무거운 질문을 던진다. 작가의 의도는 분명하다. 당신-우리들의 "더러운 욕망" 때문에 발생한 "사회적 타살"의 직접적 진단만큼이나, 『터널』을 읽고 나면 어쩔 수 없이 가슴이 먹먹해진다. Save our souls! 면죄부는 그러나 그 어디서도 찾을 길이 없어 보인다. 그리하여 당신-우리들은 회심(回心)을 준비해야 할 시간에 이르렀는지도 모르겠다.

작품을 읽고 소재원 작가와 소주 한 잔을 기울이고 싶었다.

나의 이야기, 당신의 이야기, 즉 우리의 이야기.

숨겨진 사람의 깊숙한 내면을 본질적으로 파헤친 이 소설을 바라보며 나는 스스로의 죄를 속죄해야만 했다.

이제 갓 서른을 넘긴 젊은 청년의 글에 내 고개가 절로 숙여지며 소주잔을 나누고픈 이 마음은 오직 작품 때문이었다.

소설가 소재원...

그와 진심으로 잔을 나누며 작품에 대한 이야기를 밤새 나누고 싶다.

진한 여운, 진한 감동. 그로는 부족하다. 나는 감히 완벽이라는 표현을 이 작품에 선물하고 싶다.

— 조병옥(영화 감독)

시간이란 짧고도 긴 여운을 준다.

이 말을 소재원 작가님의 소설 앞에다가 붙여주고 싶다.

작가님의 소설을 읽는 동안 깊은 곳에 자리 잡은 모든 감정은 나를 가만히 내버려두지 않았다.

짠한 감동을 안겨주는가 싶더니 눈물을 자극하고, 펑펑 울리나 싶더니 분노하게 만들어 버리는 이 작품.

또 분노를 참을 수 없을 즈음, 나 스스로가 만들어낸 모든 상황이라는 사실에 죄의식을 만들고 그 죄의식은 바로 우리의 집단적 본능이라는 소설 속 이야기에 소름이 돋았다.

이 작품을 내가 어떻게 설명해야 하는 것일까?

터널의 내용은 한국에서뿐만이 아니라 10억 인구의 중국 사람에게도 그대로 적용되는 전 세계적 문제이자 숨겨진 진리일 것이다.

마지막 장을 넘기며 두려워졌다.

이 소설, 정말 모든 감정을 뒤집어 놓는 굉장한 소설이다.

— 손요(방송인)